在华外国专家口述中国

（肆）

科学技术部国外人才研究中心　编

目　录

在中国当记者 12 年，见证她的发展变化

文 / 聂子瑞　译 / 左娜

至今想起来那都是一件荣幸之至的事情，我到修改党章和选举产生新一届的中央委员会、中央纪律检查委员会会议的现场报道。而且就在中共十九大闭幕的第二天，10 月 25 日，习近平总书记会见新闻媒体，对媒体朋友报道中共十九大表示衷心感谢，当时我也在场，这对我来说是一段有特殊意义的宝贵经历。

在报道中共十九大期间，我做了两个系列专题节目，一是《发展进行时：回顾过往，展望未来》，这是在人民大会堂和媒体中心前线拍摄的；二是《变化中的中国：快速成长，勇往直前》。这是我和我 6 岁的小女儿一起拍摄的，现在在网络上已经有 3000 万的点击量。

中共十九大是一个里程碑，决定中国接下来的发展道路。

习近平新时代中国特色社会主义思想被写进了党章，预示着中

国的发展将迎来重要转折点，对世界也将产生深远的影响。

党章的修改同时包括两个一百年奋斗目标：到 2021 年中国共产党成立一百年时，全面建成小康社会；到 2049 年中华人民共和国成立一百年时，建成富强民主文明和谐美丽的社会主义现代化强国。

对党的指导性文件进行修改，真实反映了在以习近平同志为核心的党中央领导下中国发展变化的现实需求。

精准扶贫，是中国发展成就中最亮眼的成绩之一。中共十九大

聂子瑞（后排系白色哈达者）：《中国日报》高级记者，2016 年中国政府友谊奖获得者

后还将受到世界的特别关注。中国的扶贫成就的确值得夸赞。习近平总书记宣布，将在2020年确保农村贫困人口全面脱贫，进一步显示出中国抗击贫困的雄心壮志。

扶贫工作是中国的突出成就，但现在还没有被外界充分认识和了解。中共十九大增强了中国在世界舞台上的表现力，重新坚定了对2020年及以后的发展目标的投入和决心，特别是关于解决贫困相关的问题。

我个人在工作中见证了扶贫工作的巨大进展，也在其中尽了自己的一份力量。在过去的十年中，我经常到偏远的欠发达地区，不只是报道贫困现象，也探索解决之道。

中国开出了很多脱贫的“处方”。

给我印象最深的变化发生在青海的曲麻莱县，那是青海省玉树地震灾区的一个游牧县，我从2011年开始在那里做志愿者。我们的爱心项目一开始做的是给叶格小学的帐篷里送去一些太阳能电池板。在137个牧民孩子中有78个小学生住在被称为“宿舍”的帐篷里，那里没有电，因此也没有光。太阳能带来的电点亮了这个牧民社区的教育希望，此前这里因为太偏远而没有电力供应。

我们又继续为学校提供牦牛、日常用品、药品、图书馆、煤炭、电脑等“硬件”。后来，我们的帮扶转向了“软件”，比如送村民去做手术，或是提供上大学的奖学金。因为政府大力投资建设，这些海拔在 4200 米以上的偏远地区基础设施很快跟上来了。

在过去的 5 年里，从镇到县全面通电了。同时政府还为学生和老师修建了新的宿舍、卫生间、食堂、教室、活动中心、机房，还有很多其他设施。政府还为曲麻莱的牧民在附近城区提供了现代住宅，为乡镇的发展铺好了道路。中国的实践经验证明了交通对于消灭贫困的重要性，并且以惊人的速度取得了显著成效。

曲麻莱只是中共领导下脱贫的很多落后地区之一。这里的生活水平提高很快，一方面是通过“硬件”的改善，而更多是源于“软件”的支持。

曲麻莱自然环境恶劣，资源稀缺，人口的识字率不高，又有语言障碍，老一辈很难迁移。要想脱贫，选对适合的方法比兴建基础建设还要重要。

在高原上，地理和地质环境都对人类生存不利，除了草和雪以外，几乎没有什么产出。针对这种情况，政府为村民们提供了有针对性的职业培训。牧民可以参加免费的职业指导，成为汽修工、理发师或传统的西藏唐卡艺术画家。

6 年前，我在曲麻莱萌生了这样的想法：在贫困的黑暗隧道里，出口的那一丝光亮就是，孩子们在日落后仍然能读书学习。现在看过去 5 年这里的变化，我看到中国共产党和政府为欠发达地区提供了一个光明的未来。这是点亮乡村通往繁荣之道的日出，同样也为世界提供了良好的借鉴。

我参与报道的其他扶贫故事还包括：内蒙古的牧民放弃养羊，通过养殖鸸鹋来增加收入并预防沙漠化；张家口农村地区充分利用太阳能来减轻干旱；等等。

中国让如此多的人口走出了贫困，其速度之快在世界上绝无仅有。中共十九大的召开创造了传达这一有效信息的好机会。在过去 30 年，中国将 8 亿人从极端的贫困中拯救出来，至今地球上仍有差不多的人口处于贫困中。

从 2013 年到 2018 年，有超过 6600 万人脱离了贫困，其中仅 2016 年就有 1200 多万人。这很大程度上归功于习近平总书记的精准扶贫战略。

中国共产党和政府向着为人民服务的目标，取得了伟大的成就和进步。习近平新时代中国特色社会主义思想被写进了党章，作为未来前进的指导，向前，就是我们未来的方向。

中共十九大以后，各级党组织撸起袖子加油干，着手处理着新时代前进中的新问题。

我在中国当记者的 12 年里，有幸见证了中国在中国共产党领导下取得的惊人进步，特别是过去 5 年的突出变化。我也期待着看到中共十九大成果将在整个中国落地开花，结出硕果。

向世界讲好中国的故事

——访中国日报社海外版编辑部执行主编拉维先生

“作为新闻从业者，亲自来到中国是目睹中国崛起的绝佳机遇。”“准确、平衡、公正，永远是我们新闻背后的价值观。”

文 / 胡嫱

来自印度的拉维 · 善卡 · 纳若斯姆汉先生是资深的新闻工作者，2002 年 6 月加入中国日报社，现任中国日报社海外版编辑部执行主编。

拉维先生参与了近年来《中国日报》对多项重大新闻事件的策划报道，在北京奥运会、新中国成立 60 周年等事件的外宣报道中都付出了努力，取得了良好成果。

他已经在中国日报社工作了十多年，去年获得了中国政府颁发的“友谊奖”。

与中国的不解之缘

高大的拉维先生讲话十分温和、平易近人。在采访开始前的闲谈中，我问拉维先生有什么个人爱好，他说喜欢看书，最近正在看一本关于中国近代崛起的书，其中两个字让他印象很深刻，他很认真地回想了一会儿这两个中文字，然后说道：富强。这两个字所反映的一百多年前的中国的主题，与他今日在中国的工作，不得不说有着很深的渊源。

拉维先生自2002年加入中国日报社以来，已在中国工作了十多个年头。问起他来到中国的原因，他说，一个当然是他进入了中国日报社工作，另一个则是因为中国本身的魅力。他引用一句他的美国教授朋友的话说，自从20世纪90年代以来，只有两件事可以被认为是“改变并重塑了世界”，一是互联网应用的普及，另一个就是中国奇迹般的崛起。“作为新闻从业者，亲自来到中国是目睹中国崛起的绝佳机遇。”

说起他在工作中的难忘经历时，他说他直接参与了很多重大事件的报道。在2008年汶川地震时，《中国日报》在向人们传递着勇气；在北京奥运会开始的时候，《中国日报》每天有大量的版面在报道奥运会，在向世界讲述中国，前后一共做了20多天报道，而他自己甚至一直没能抽出时间去观赏哪怕一场比赛。然而这样的经历却是非常值得和快乐的。至于现在，他说：“最激动人心的就是《中国日报》海外版的发行了。”

中国，世界瞩目的新星

作为一位资深新闻人，中国本身的影响力，无疑是吸引他来到中国的重要原因之一。“我就住在亚运村那边，我亲眼看着鸟巢从平地建起，变成一个庞大恢弘的建筑，所有的人都在感叹中国的崛起。没有人会不好奇，当这个国家的一个城市就可以生产世界上70%的牛仔裤、60%的运动鞋以及大量的领带、袜子等商品时，这个国家的真实面目到底是什么。中国被国际社会视为机会，在当今，对一个高级经理人来说，简历里倘若有与中国相关的经历，这是非常必要、有竞争力的。”

当我问起，除了经济崛起，中国对于世界是否还有其他的吸引力时，拉维先生认为中国文化也是一块磁石。他说道：“你看孔子学院在全世界兴起的趋势就知道了，有一个华尔街银行家，让他不满五岁的孩子去学中文，而不是欧洲的语言，可见把这个放在了一个非常重要的位置。”而中国元素，也令世界深深着迷，像《卧虎藏龙》《功夫熊猫》这样红遍全球的电影，也是中国文化魅力的证明。甚至包括食物，拉维先生说：“在国外甚至是小城市里，中国食物也非常受欢迎，中国食物是最受欢迎的外国菜，风靡程度远远超过其他的外国菜，我的朋友和家人也喜欢吃中国菜，每次一说吃外国菜，我的家人都会说那就吃中国菜吧。”

还原一个真实的中国

全球对中国的关注度不断攀升，对于新闻人来说，报道中国就自然成为一个重要而严肃的课题。拉维先生到中国来，可以说得上是一种新闻从业者的“使命感”。

我问他，来到中国后是否与之前对中国的印象有一个反差？他说，真实的中国与外媒引导大家认识的中国还是有很大不同。国际媒体往往只从很狭窄的角度和主题去报道中国，而且往往是挑出中国做得不好的地方，容易给人造成负面的印象。而自己来到这里，有一个重要的任务，就是讲中国的故事，帮助世界认识真正的中国是什么样的。

“最受欢迎的当然是与中国经济相关的话题，经济上中国也常遭外界误解。但除此之外，我们要看见真正的中国社会是什么样的。在这里生活的人们，有着与世界上其他国家的人民极为相似的日常生活，关心着污染、贷款、房价、医保这样的问题。同时非常重要的是，我们能看见这个社会的进步，比如生育政策的改革、开放了单独二孩；艾滋病不再是一个禁止谈及的社会话题而是整个社会共同努力解决的问题等，这些都是中国社会的发展与进步，是世界应该了解的。”

关于获得中国政府友谊奖的感受，他说：“首先这当然是一件激动人心的事情，而我更愿意把这个奖视为对中国日报社，尤其是海外版的肯定，而非对我个人的肯定。在过去几年里，《中国日报》创办了欧洲版，从一开始在欧洲的 7 个国家发行到现在遍及欧洲。而后我们又创立了非洲版，我们的脚步在迈向全世界，我们通过各海外版，在向世界讲述中国真实的故事，这些都是海外版的巨大成就。”

“发展壮大《中国日报》海外版的目的和意义，就在于准确地、公正地反映中国的真实故事，同时改变世界对中国的误读。当人们对中国感兴趣的时候，让他们能够得到一种不同的视角，与各方的观点构成平衡与互补。我们的调查数据也反映出，人们确实乐于听到来自中国本土的声音。”

拉维（右）和同事在讨论工作　匡林华摄

“在关于中国的讨论中，中国自己应该占有一席之地，这就是我们的角色。”

或许很难想象，这样的话出自一位外国专家。这里面体现了拉维先生个人对新闻价值的深刻认知。

如何讲好中国的故事

要想讲中国的故事，还要让受众感兴趣、听进去，并非易事，所以分析的角度也要客观全面。拉维先生解释道，他们会与很多当地的专家、外交官等读者群交谈，了解他们想知道什么，尽可能地国际化、本土化。比如现在非洲对中国的兴趣就是非凡的，中国在非洲进行了那么多的建设，从基础设施、建立学校到派遣志愿者，这些都为非洲人民的生活带来了极大的改观。相应的，中国人的面孔对他们来说就是一种强烈的刺激，非洲人就会对中国在非洲的生产活动、在非洲建立的核电站感兴趣。这个就是报道的潜在方向。在最近短短的几年里，《中国日报》陆续创办了中国香港版、美国版、欧洲版、亚洲版、加拿大版、非洲版、东南亚版，以及最近在巴西创刊的拉美版，现在已经走向了全世界。

拉维先生说，他的友人曾说过在国外很难找到关于中国的正面新闻，即便正面的新闻都可能会用负面的标题呈现，例如，李娜获得网球冠军的时候甚至被人说成“背叛者”（由于并未代表国家参赛）赢了。所以在跟外国人，比如欧洲的年轻人交谈的时候，会发现他们非常渴望了解真实的中国，渴望打破这种局限的视角，因为他们的经济生活与中国如此紧密相关。《中国日报》海外版的报道恰好为各个国家和地区的读者解答了他们感兴趣的问题。

同时，《中国日报》海外版注重可读性，在报道的形式上不会连篇累牍地印刷政治纲领，讲到国家政治方针时会用言简意赅的方式让外国人了解中国正在发生着什么。

拉维（左四）与印度友人在中国友谊杯赛上合影

《中国日报》与“中国梦”

我问拉维先生个人对“中国梦”是如何理解的，他认为“中国梦”是一个集体的梦想，不同于“美国梦”更强调个人的成功与成就。他说：“当然首先是人们要有更好的生活质量，可是它的视角在于这是一个集体的梦想，关心整个社会是否和谐，一个人的成功还不够，不应该有人被遗忘和落在后面，这样的角度是很好的。”

在向世界解读“中国梦”的方式上，《中国日报》也采取了多角度的分析，尽可能呈现更加全面和综合性的报道。比如有一位专家作为中国领导人的高级顾问，专门收集了各个领导人关于“中国梦”的解读，每个人都会有不同的角度，这样的观点将会得到呈现。《中国日报》也会呈现外国专家如何看待“中国梦”。许多外国专家还是把“中国梦”——中国的崛起视为双边发展的机遇，如果中国发展了这对世界都是有益的，“中国梦”并非其他国家的梦魇，能够为他国带来进步，这或许也是集体梦想的一部分。《中国日报》还有一个栏目叫“中国面孔”，从普通人的角度进行报道，甚至还采访在中国的外国人他们对“中国梦”的解读，可以说对“中国梦”的解读全面而生动。

说起未来的计划，拉维先生说，通过《中国日报》进一步讲述中国的故事仍是将来工作的核心。要展现中国的全貌，不是一味地宣传，中国也有有待完善的地方，但是要更加全面客观地呈现这个原貌，而不是片面地呈现。自身的公正与全面才是最有说服力的报道方式。

采访结束时，拉维先生总结道：“准确、平衡、公正，永远是我们新闻背后的价值观。”

意体育记者中国情缘二十年

文 / 吴星铎

意大利《米兰体育报》资深记者吉纳罗·博扎

他对中国自容国团以来的乒乓球员如数家珍，他的身影常常出现在国际乒乓球赛场上——他采访过 1996 年至今的全部乒乓球全国锦标赛，1989 年至今的全部乒乓球世界锦标赛，1998 年至今的连续四届亚运会。他和中国乒乓球运动员之间建立了很深的友谊，中国乒乓球运动员在国际大赛领完奖之后，经常会把手中的鲜花献给他，这甚至成为了一个传统。他就是吉纳罗・博扎（Gennaro Bozza），一位与中国有着超过 20 年缘分的《米兰体育报》资深记者。

初至华夏

吉纳罗 1954 年 8 月生于意大利南部，他的记者生涯始于 1979 年，1984 年至今供职于意大利《米兰体育报》。他在 1994 年第一次来到中国，动机是到中国天津观看并报道亚洲乒乓球锦标赛。

其实在那之前，吉纳罗就有到中国去的强烈愿望。为此，他提前一年在罗马找了一个教中文的中国女老师，跟她学了一些非常基础的中文。用他话说就是“我对中国的热爱是从内心而来的一种热爱，我很早很早以前就非常渴望能来到中国，但是如果你现在问我为什么，我为什么从小就喜欢中国，我真说不出是为什么。”

20 年前的一天，也就是 1994 年 9 月的一天，他踏上了中国的土地。显然，他对自己“苦练”的中文还不是很自信，因为需要从北京转天津，他特意让自己的中文老师写了一个纸条“请送我去天津”。到了北京的首都机场以后，他把纸条拿给出租车司机看，这是他当时能干的唯一的事。

吉纳罗到了天津之后的第一印象，是“自行车怎么能这么多”。当时天津的接待人员非常惊讶，因为对于他们来说，一个意大利人专门跑到天津来看一场亚洲乒乓球锦标赛是一件非常不可思议的事情。吉纳罗对中国乒乓球的熟稔程度让这些中国朋友吃惊。从1959年第25届世界乒乓球锦标赛容国团第一次为中国夺得乒乓球世界冠军，到之后的所有的中国乒乓球运动员，吉纳罗都如数家珍，每个运动员的特点他都非常了解。

三天以后，在天津的报纸上就出现了一篇关于吉纳罗的文章，文章写道：“我们开始以为他只是一个普通的游客而已，但是最后我们发现事实并不是这样的。”

第一次吃中国饭对吉纳罗来说是非常新鲜的。吉纳罗的第一顿中国餐是在比赛期间，当地的组织者请他吃的。组织者邀请他说：“我们请你去吃一顿非常简单的便餐，你愿不愿意跟我们去？”吉纳罗欣然应邀，去了发现确实是一个非常简单的晚餐，因为只有饺子，很大个的饺子。吉纳罗一口气吃了30个，赞道：“这是我这辈子吃过的最香的东西。”一直到现在，吉纳罗都非常喜欢饺子，唯一和中国朋友不同的是，他吃饺子的时候愿意蘸一些酱油，而不是像更多的中国人那样用醋。

当时吃了饺子之后，中国朋友问吉纳罗喝什么，要不要喝啤酒，吉纳罗用蹩脚的中文说：“不喝啤酒。”然后所有人听到他说不喝啤酒之后，异口同声地笑着说：“不喝拉倒！”吉纳罗记住了这句话，印象非常深刻。后来中国朋友们在不停地说话，但吉纳罗只记得这句“不喝拉倒”，他当时实在搞不懂“不喝拉倒”的意思，为什么他说了“不喝啤酒”之后他们要说“不喝拉倒”。

孔令辉会夺得 1995 年世锦赛冠军

1994 年，当中央电视台看到了天津报纸上关于吉纳罗的文章之后，便派体育频道记者来采访他，当时一个问题是“1995 年同样在天津会有世界乒乓球锦标赛，你认为谁会得到男子单打的冠军，是瓦尔德内尔还是王涛，或者是马文革？”这个问题里列举的选项都是当时最著名的一些选手，但是吉纳罗说：“我认为会得冠军的是孔令辉。”当时年轻的孔令辉只被认为是中国的一个新秀，并没有被认为是一个夺冠的热门。所以当这个记者听到吉纳罗说孔令辉的名字的时候就冲他笑了。

孔令辉是中国乒乓球界的一座里程碑。他拿到了中国历史上第一个横板进攻打法的男单冠军，和刘国梁一起开启中国男子乒坛“双子星时代”，总共夺得过 11 个世界冠军。

在 1995 年第 43 届世界乒乓球锦标赛上，年仅 20 岁的孔令辉一路过关斩将，夺得男子单打冠军，登上了运动生涯的第一个巅峰。

比赛结束之后的庆功会上，时任中国乒乓球队总教练的蔡振华正在接受采访，当他见到吉纳罗以后就跟所有的记者说：“你们都等一下，我想告诉你们其实这个意大利记者才是唯一的一个认为孔令辉能得到冠军的人。”

于是一个记者被一堆记者包围了。

中国的发展超乎你的想象

在吉纳罗看来，中国城市和那不勒斯比较像。用他的话说，就是“比较有一些创意，随意性多一些”。

吉纳罗第一次到北京参观，是 1994 年的 10 月 1 号，也就是新中国成立 45 周年庆典的时候。他认为，天坛是世界上最美丽的地方之一。“天坛在建筑上的一种和谐和美丽，给我非常大的震撼，它的这种宁静和和谐在北京这个繁华都市里特别难得。”

1995 年的 4 月底，吉纳罗第一次到上海。他是看着金茂大厦，看着上海体育馆等一个个建筑从无到有、拔地而起的，还有一条条高架路的修建，吉纳罗也是见证者。他经常向他的意大利朋友展示

吉纳罗与中国乒乓球名将孔令辉合影，照片上有孔令辉的签名

上海今夕对比的照片。吉纳罗说，罗马城外有一个环城高速，大概是 60 多公里长，意大利用了整整 10 年的时间去修建完成，上海 55 公里长的高架路却只用了 10 个月的时间。吉纳罗对朋友说："中国的发展超乎你的想象，如果你们从这个简单的例子仍旧看不出来中国和意大利的区别的话，那么再过 50 年你们就要给中国人服务了。"

如今，60 岁的吉纳罗用 20 年时间，已经将自己的脚印留在了中国的 15 个省 42 个城市。

“非典”期间，患难之中见真情

2003 年，世界乒乓球锦标赛在法国巴黎举行。对于中国来说，这是一段非常时期，因为当时正值“非典”期间。当时在西方、在欧洲对于“非典”的报道是铺天盖地的，而且是非常恐怖的。所以当时中国队到巴黎去参加比赛的时候，西方国家的球员甚至工作人员都避之不及。西方媒体认为这是对人权的不尊重，说中国在这个

2003年法国巴黎世乒赛前夕，吉纳罗与刚刚下车的张怡宁亲切耳语，时值“非典”期间

时期不应该派队参加这种世界性的比赛。

当时正是4月底，也就是“非典”最为严重的阶段。所有的外国记者，没有一个人愿意和中国队一个酒店居住。但吉纳罗放弃了组委会给记者指定的酒店，选择去和中国队住在一个酒店。他所在的《米兰体育报》上级得知了这个消息，试图阻止他。吉纳罗当时直接对这位上级发怒，他甚至激动地用“愚蠢”来形容这位上级。吉纳罗认为，在“非典”最厉害的时候，中国的运动员受到了前所未有的最高级别的保护，当时很多运动队包括乒乓球队都被集中在远离“非典”疫区的地方进行集训，所以应该说这些运动员是当时最为安全、最没有危险性的人，不应该受到歧视。

吉纳罗亲自去迎接中国队的到来。当中国队的车开到时，下车的第一个人是张怡宁，他很自然地上去拥抱她，张怡宁却拦了他，而且嘴里说的是小心有病毒，但是吉纳罗并没有迟疑，而是像往常一样拥抱了她。后面很多中国队的运动员都是吉纳罗的好朋友，教练员也都上来和他拥抱。当时巴黎酒店的工作人员都远远地站在一边。

吉纳罗说：“我就想通过这个事情来说明，我认为凡是那些带着偏见去看待人，去看待这个世界的人，是得不到真正的友谊和真正的和平，或者是那种内心的平静的。”

“我的预测不那么准！”

2008年的北京奥运会，在吉纳罗的脑海中留下了不灭的记忆。开幕式的时候，他特意穿着一件一位中国朋友送的黄色的中式丝绸服装。吉纳罗留有一张自己非常珍惜的开幕式现场照片，他站在看台上，背景是中国代表团正在入场。这个照片其实有两个版本，一张是原版，另一张是吉纳罗幽默地把旁边一位抢镜男子“P掉”的版本。“这个时刻对我很重要，他偏偏这时站起来，我很生气！”吉纳罗瞪着眼睛说。

北京奥运会时，吉纳罗提前20天来到北京做准备。因为报社派他提前打前站，并写一些预测的文章。当时吉纳罗在《米兰体育报》上写了一篇预测文章，预测中国代表团在哪些项目上可能得到奖牌，在哪些项目上有更大的机会获胜。吉纳罗说：“我基本上是每一个项目都做了一个筛选，当时我的预测是中国会得到50枚金牌，总共会得到100枚奖牌，但是我还是错了，最后中国得了51枚金牌，奖牌总数是100枚，比我预测的要多一枚。”他故意摇头叹气说：“唉，我的预测不那么准！”

在吉纳罗看来，有一部分西方记者初到的想法就是要来看北京的笑话，要看北京这个奥运会组织得有多么的不好，是来准备批评北京的。吉纳罗笑言：“比赛开始大概一周以后，他们就发现自己真的不知道该写什么，而且确实后来有一些西方的媒体找到我来采访我问我，你觉得为什么北京能做到这么完美，我的回答是，这有什么奇怪的呢！”

吉纳罗以餐食为例，他说，北京奥运会的新闻中心给记者们提供的餐食是最为丰富的，从东方到西方各种菜式都有，而且最多也就花个10欧元，能吃得非常好。但是即便是这样，有一些外国记者不知道该找什么理由来批评中国，于是找奥组委抗议说“你们这儿的饭实在太贵了”。面对这样无理的要求，中国的组织者第二天就降了价，最高的价钱就是5欧元，5欧元，你可以吃到北京烤鸭，吃到所有的东西。吉纳罗补充说：“2012伦敦奥运会的时候，我也

身穿黄色中式丝绸服装的吉纳罗在2008北京奥运会开幕式现场

是采访记者，英国的美食咱们就不多说了，最便宜的要20欧元，却没有任何人去抗议！”

给吉纳罗献花吧

“张怡宁是我的女神。”吉纳罗指着两张他和张怡宁互拍的照片说。

“有一次在国外比赛，我和中国队住在一个酒店，有一天晚上，张怡宁和另外一个小姑娘出去买东西，我担心极了，就跟在她们后面，从那以后，我们的友谊就开始了。”

一说到张怡宁，吉纳罗就两眼放光：“雅典奥运会，张怡宁夺冠后第一个拥抱了陆元盛，第二个就拥抱了我，那是我这辈子最高兴的事。”

在北京的时候吉纳罗经常和中国乒乓球运动员一起吃饭。一般来说乒乓球运动员如果出去赴约的话需要向球队申请，但和吉纳罗一起则例外。

吉纳罗在孔令辉、张怡宁、王励勤、郭跃还没成名之前，就认定这几人必成大器。除了孔令辉之外，吉纳罗在王励勤15岁时就曾预言：这个孩子肯定会成为世界第一，结果这一预言再度应验。

中国乒乓球运动员在国际大赛领完奖之后，经常会把手中的鲜花献给他，这甚至成为了一个传统。甚至除了乒乓球之外，别的项目的运动员朋友也会这么做。

2009 年世界游泳锦标赛在罗马进行，当时吴敏霞到混合采访区的时候把手里的鲜花献给了吉纳罗。后来 2011 年世界游泳锦标赛在上海举办的时候，由于有很多中国记者目睹过 2009 年吴敏霞献花的那一幕，所以大家都在等吴敏霞出来。等到吴敏霞出来，吉纳罗向她做手势示意她不用过来了，记者们专门在等这个事，吴敏霞还是径自过来和吉纳罗拥抱、献花。

吉纳罗和中国运动员有很深厚的友谊，和中国的工作人员也形成了很深厚的友谊。他交了很多中国朋友，这些中国朋友的孩子也就都成了他特别亲密的中国的小侄女、小侄子，跟他也都非常亲。每一年吉纳罗来中国的时候，都会看他的老朋友们和小侄女、侄子。

“我跟中国的感情不只限于乒乓球和我对这个国家的热爱，我和中国朋友们的这种友情也是我一直走到今天的一个动力。”这是吉纳罗的心里话。

“世界杯，我挺阿根廷夺冠！”

吉纳罗和足球也有不解的缘分。还在 1997 年的时候，他第一次参加中国的全国运动会，开幕式彩排现场，他设法进去拍照，结果被安保人员拦下来，得知他是意大利记者后，吉纳罗被扣了一个小时，并经历了一场“别样的审问”，审问非常严格：“为什么昨天意大利队踢了一场平局？”“意大利还能不能进世界杯的决赛圈？”“罗伯特·巴乔现在的情况怎么样，还能不能踢？”整整一个小时他就被问了这些问题。

尽管吉纳罗一再说“我对乒乓球的预测比较在行，足球并没有那么在行”，他还是在笔者的要求下对 2014 巴西世界杯进行了一番预测。

他认为，他自己的国家意大利可能大家这次都不是特别看好，会觉得可能不是最近几届里比较强的时候，但是越是这样意大利可能越有机会，吉纳罗认为，意大利可能会到半决赛，当然我希望还能进决赛。

吉纳罗不同意笔者主张的巴西夺冠猜测，他认为，虽然巴西是主场，但是并不是最强的队。至于西班牙，最大的问题在吉纳罗看来，是如何解决好巴萨帮和皇马帮的协调问题，他并不是特别看好西班牙队在这一次巴西世界杯上的表现。

“我挺阿根廷夺冠！”吉纳罗坦言，这仅仅是因为自己是马拉多纳的铁杆球迷。“你猜巴西夺冠，我猜阿根廷夺冠，咱俩打赌，不过，如果我输你赢的话，你也不能来找我要钱。”吉纳罗说。

约翰·莱顿：生活在别处

文/何亮　张媛媛

他是一个地道的美国人。他编辑的新闻稿件曾获得过普利策新闻奖。他在事业如火如荼的时候离开众人心驰神往的美国。他在年逾花甲的时候选择来到中国。他用亲身经历向世人宣告：生活在别处。

《中国日报》高级编辑约翰·莱顿（左）

约翰·莱顿（右一）与团队在工作中

在许多中国人还在对“美国梦”孜孜以求的时候，约翰·莱顿（JohnLydon）带着另一种憧憬来到中国工作，那个时候他对中国几乎一无所知。在许多人满以为事业有成而肆意享受生活的时候，他放弃了美国这个报刊大国如鱼得水的工作，选择来到中国重新开始，那个时候他已经56岁。他曾沐浴加利福尼亚的阳光，他正穿梭于北京的大街小巷。他把每个人或许都幻想过的说走就走的旅行变成真实，他用他的故事讲述着，生活总有另一处风景。

文化差异让“乐谱”更迷人

约翰并非新闻科班出身。他曾就读于音乐理论专业，是个不折不扣的文艺青年。约翰误打误撞进入了新闻行业，音乐赋予他的艺术血液和鉴赏能力却让他在这个陌生的领域迅速得心应手。

约翰说："编辑一篇稿件就像谱曲，每个音符之间如何更加和谐、更加妙趣横生、更加引人入胜，文章也会因此行云流水，让人欲罢不能。"多年来，在中国生活带来的文化碰撞更让约翰对这项工作手到擒来。

直到踏入这个国度，约翰才知道中西方文化是如此不同。让约翰最为感到惊讶的是中国人的友好和开放程度超出了他的预料，"我本以为中国人会和美国人一样，交了朋友之后只会在公共场合见面，但中国的朋友要更友好一些，会常常邀请你到家里去。"约翰说。

约翰在不断适应异国生活的时候，也在不断被这种差异震撼。长久生活在一个地方，人的心和思维都难免会被禁锢，人们总是想当然地看待一些问题，解释一些疑惑，在约翰眼里，这是新闻人的一大忌。他在两个国家的辗转让他视野更加开阔，他看到了中国人自己的故事，真实的故事，西方人曾一度想当然给出评价的故事，这份真实让他的新闻报道更客观，更贴切，抑或像他所说的，文化差异让他的"乐谱"更迷人。

用“信任”引导团队

《中国日报》的雇员除了本土雇员外还有很多洋雇员，作为一个国际化团队中阅历丰富的资深成员，当被问及在中国的工作感受时，约翰表示他非常享受《中国日报》的工作环境。他觉得在中国做一名编辑，比在其他任何地方做一名编辑都要值得。

提到美国的新闻编辑室，约翰的表情显得有点无奈，眼神当中甚至透露出了一丝恐惧，他用了“可怕的”一词来形容以前的工作氛围。他说：“美国的新闻编辑室经常让人感觉不愉快，大家的火气都很大，同事之间互相咆哮司空见惯，甚至还扔东西，但是在《中国日报》，同事之间都很和善，并且彼此之间互相尊重，这儿的工作环境让人感到非常愉悦。”

约翰在中外团队的建设上也很有心得，他用了“信任”一词阐释出了他的团队建设经验。“信任你的搭档很重要，信任他们具备一定的能力、一定的专业素养、一定的天赋，你得与他们合作，你要信任他们的想法是对的，并且找到一种方式帮助他们开拓思路，最后共同完成任务。”约翰说道。虽然约翰的团队成员来自于不同的文化背景，但当被问及他所领导的团队是否存在冲突时，约翰显得很自信，他承认大家对同一件事会有不同的意见，但他并不认为那是冲突，他多次强调了团队融洽的工作氛围以及同事之间的互相尊重和深厚友谊。

约翰·莱顿的采访观

约翰在《中国日报》经常会面试一些海外的求职者，这些求职者来自于不同国家，有的来自英国，有的来自爱尔兰，还有的来自澳洲，但是他们在面试中几乎都会问约翰一个相同的问题：“在中国工作会受到什么限制吗？”

每次听到这个问题的时候，约翰都一头雾水，他不清楚那些海外求职者眼中所谓的“限制”具体是指什么，经过一番细问之后，约翰才明白他们所担心的是在中国做新闻报道会不会受到政府的干预。约翰每次都会斩钉截铁地告诉那些求职者：他在中国没有遭受到这样的限制，在中国做新闻与在美国做新闻是一样的。约翰说很多人都被自己的想象给束缚了，意识到自己想法的局限性很重要，要抛却那些想当然。

约翰发现美国报纸关于中国的很多观点都是美国人脑海中所固有的，中国的经历让他有机会了解到了真实的中国：中国的情况是什么样的，政府是如何运作的，中国人在做什么。他发现所有的这些都和他之前在美国接触到的报道是有一定的区别的。

“这对我来说也是一次成长，如果你们也到一个与自己文化相异的地方生活，你们也会感同身受。你们会意识到，你只是个人，是被周围文化束缚住的，当你有机会跳出自己的文化，你会收获一种不同的视野。”约翰说道。

“如果我们稍有不慎报道了有违公正的事，公众会失去对我们的信任。”约翰说，在中国的新闻中，对某些事情的处理是很直接的，比如腐败问题、犯罪问题，当人们发出指责的时候，中国媒体往往未等法庭审判就直接报道，在西方新闻甚至国际新闻中，处理类似的事件是相当谨慎的，主要是因为在美国或是英国等国家，如果媒体说怀疑某人做了某事的方式稍有不慎，就可能会被告上法庭，承担一定的经济损失。虽然中国的相关法律并不像西方那么严格，但是约翰表示《中国日报》目前也正在向这方面努力，“这并不是因为担心会被告上法庭，而是出于坚持公正的理念。”约翰说。

多年来，中国媒体的不实报道饱受诟病，在谈及这一问题时，约翰说：“中美报业人在追求新闻的真相上都是一样的，他们努力接近事实，尽力做到客观。”

在保证事实方面，约翰有着自己的一套做法，他说：“我们信任我们的记者，我们会询问他们的调查采访是否照顾到了每一个方面，每一个与之相关的人，这样尽力保证他们能了解到事情的真相。”约翰认为没有亲身体验往往会导致新闻报道与事实出现偏离，因为记者往往受到自己的观点和所处的环境的限制，“我认为读者需要认识到报道中的所谓事实只是记者眼中的事实，但这并不等同于真正的事实。近来我在看美国关于中国报道的时候，都会觉得文章中描述到的总是没有中国真正的情况这样完整。不能否认，他们在报道之时都带着正直和诚实，但总与事实有偏离，因为他们没有亲身的体验。”约翰说道。

作为一个在媒体行业摸爬滚打多年的老新闻人，约翰尤为重视读者的阅读体验，尽最大努力让自己编辑的文章做到易读易懂。要做到这一点，他强调新闻人在面对采访对象时一定要敢于问问题，有任何不明白的地方一定要不断追问，务必要打破砂锅问到底。

“很多年轻的记者在与采访对象交谈时会表现得战战兢兢，特别是当采访对象是某个部长或是某个重量级人物时，他们对于采访对象的畏惧会表现得尤为明显，他们因此不敢追问。”约翰说道。约翰之所以发现年轻记者存在这样的问题，是因为他在编辑稿件时，发现年轻记者的稿件往往从字面上能够看懂，但就是不明白到底是什么意思。

“他们只是照搬了采访对象的话，但是很多时候他们自己也没有理解这些话的含义，”他说道，“只有当你没有任何疑问，完全理解采访对象所说的话时，你才能够停止问问题，开始写稿。”

“中国激动人心”

“我不知道来到中国会怎样，但最终我的每一个期待都成真了，中国激动人心。”这是约翰对自己在中国这片正在向世界敞开国门的土地上的感慨。

用中国人的算法来说，约翰现年刚逾花甲。同龄中国人或许早已过上了含饴弄孙、日落而息的自由生活。与这个年龄段求安逸的人不同，他对新鲜事物的追求并没有停止在年龄线上。

约翰·莱顿曾经先后在《盐湖城论坛报》、《沃斯港明星电讯报》和《圣地亚哥联盟先驱报》担任发稿部主任，他手下的稿件秉承他用简单的话讲简单故事的原则，一直颇受读者欢迎。一个在普通读者看来复杂、尖锐如美国国会议员和军用供应咨询商勾结受贿的故事，在他手里可以变得简约易懂、脍炙人口，并一举夺得 2006 年普利策新闻奖，这在业内可称得上是至高无上的荣誉。

然而高度发达的国家，便利的生活，充满成就感的工作，这一切对约翰来说似乎没有任何诱惑力。当他看到《中国日报》的一则招聘广告后，他放下对未知的恐惧，做出了人生中最重要的决定。在他眼里，中国是当代世界的中心，这里每时每刻上演的故事和发生的变化都让他着迷，激动人心。在他的描述中，加利福尼亚的阳光并没有洒进美国人的心里。相反，那里的人因循守旧，过着相对封闭的生活，他们不了解外界，甚至不想了解外界。约翰不愿让自己的儿子也一辈子活在自己的圈子里，他带着自己的梦想，带着他的家人，一起踏上了前往中国的奇幻旅程。

来到中国后，一砖一瓦都让他目不暇接，中国人的热情好客，同事的敬业友善，这都给身处异乡的约翰或多或少内心的安定。当然，生活在别处并非易事。丝毫不懂中文让约翰屡屡受挫，超市里的货品名称标签对于他来说都像摩尔斯密码一样难解，甚至于购买生活必需品这样一件小事都足够让他云里雾里好一阵。然而，一种渗透着东方魅力的文化让他完全庆幸于自己的选择。

携红楼三国，筑伊中友谊

文 / 吴星铎　万晓璋

2014 年中国政府友谊奖获得者阿巴斯・卡迪米

或许在遥远的伊拉克，一个小孩手捧阿拉伯语版的《红楼梦》《三国演义》，走近宝玉黛玉的故事，共鸣关羽张飞的豪情，从此对中国产生了向往。那么，这需要感谢一个人——参与《大中华文库》翻译工作，首次将中国经典名著《三国演义》《红楼梦》翻译为阿拉伯语的阿巴斯·卡迪米（Abbas Jaward Kdaimy）。

阿巴斯·卡迪米获2014年中国政府友谊奖，现任外文出版社阿拉伯文部副主编，参与翻译的国家重大出版工程《大中华文库》曾获国家图书奖。

通过友谊宾馆总经理办公室副主任李蔚峰的牵线，我们对卡迪米进行了专访。采访在友谊宾馆咖啡厅进行，谈笑风生中，他提到最多的两个字就是“感谢”，感谢中国，感谢这里善良的人们，让他能够从事自己喜欢的事业，用阿拉伯语传递中国声音，同时为家人撑起一片天。

“中国是我永生难忘的地方”

第一次来中国，这里便成为卡迪米“永生难忘的地方”。当时他住在友谊宾馆的雅园，“在我印象中，中国人都很绅士，大家互相帮助、互相扶持。虽然并没有很多人讲英语，但我们可以通过肢体语言交流。”

1998年，当时伊拉克的局势动荡，经济崩溃，肩负着家庭重担的卡迪米决心到北京工作，看看中国的情况如何。从遥远的西亚来到东亚，他看到了双方的差距，“在伊拉克买一公斤肉得拎一大袋钱去，而且当时印钞的纸还不如现在写字的纸，中国人民居然在使用一毛的硬币，天哪，那是什么！”

卡迪米开玩笑地说，当时人们有时候会把他误认为萨达姆，这让卡迪米很伤心，“我当时对祖国很失望很伤心，因为萨达姆仅仅是一个人，而伊拉克是一个大的国家，国家应该比个人更重要。”

1998年至今，阿巴斯·卡迪米先后任职于新华社阿拉伯文部、中国国际广播电台阿拉伯文部、北京奥组委等文化交流前沿。经历

阿巴斯·卡迪米

过不同的工作，他对中国的文化传播也有了不同的体验。他说：“新华社播报的总是紧急新闻，总是很忙，中国国际广播电台则是故事、旅游文章这一类的听众节目。”

时任美国总统布什宣布轰炸伊拉克的时候，卡迪米正在新华社任职。“那时我都无法打字了，因为我的心在流血，我不仅仅是在流泪而已。”当时的负责人来到阿语区，让卡迪米休息一下，然而他婉言拒绝了，“那是我最难过的时刻，但是一个成熟的有责任感的人就应该努力度过那样艰难的时刻。我的家人、朋友还有我的责任感帮助我一起熬过了那段日子。”

奥运会的时候，卡迪米主要为来参加奥运会的穆斯林同胞们以及游客们撰文介绍中国的穆斯林生活。“有些西方媒体认为中国的穆斯林们过得并不好，我就住在中国，我知道他们真实的生活是怎样的，我应该把真相讲出来。”

工作之余，卡迪米也会去观看赛事。与世界各地的人们交流的时候，他听到了世界赞美中国的声音，因为外国人很容易就能得到帮助，中国的安全工作也做得很好，有人甚至告诉他，“我在自己的国家都不能找到安全感，但是我在中国找到了。”

《红楼》一见钟情《三国》一见倾心

“我最高兴的就是自己能将中国的文学翻译给阿语读者，中国的古典文学异彩纷呈，但遗憾的是在很长一段时间内都没有人把它翻译成阿语。我读的中国文学越多，我就越觉得自己有必要将其介绍到阿语国家。”卡迪米说。

2009 年的时候，卡迪米来到外文局工作，在那里，他第一次近距离地接触到了卷帙浩繁的中国古典文学。他为它们感到惊艳，但也很疑惑：“中国文化这么精彩，为什么不将它们翻译成阿语呢？”怀着这样的想法，卡迪米开始留心中国的传统文学。

2011 年，机缘巧合，他第一次接触到了《红楼梦》。当时外文局的阿语部选取了英文《红楼梦》的部分章节翻成阿语，卡迪米读到时仿佛身临其境，为其中丰富多彩的角色所深深地吸引。借着大学主修文学的优势，后来他又自己找来了《红楼梦》的英文全译本，深入地与中国文学对话。

对《红楼梦》一见钟情，卡迪米决心将《红楼梦》介绍到阿语世界去，“我觉得中国的文学作品应该被介绍到阿语国家，因为阿语读者受过良好的教育，他们热爱文学、心怀期待，而中国文学在阿语世界还存在着空缺”。然而《红楼梦》作为中华文化的瑰宝，其情节设置乃至语言功底都对译者提出了很大的挑战。卡迪米将重心放到了语言层面，以负责任的态度翻译中国文学，想要让阿语读者感受到原著的美。

《红楼梦》之后，2012 年，卡迪米又进一步参与了《三国演义》的翻译工作。

《三国演义》是卡迪米一见倾心的作品。谈起这部著作的翻译，卡迪米脸上洋溢着欣喜和自豪，他花了 3 年的时间翻译完整部作品。当笔者询问他喜爱的角色，他如数家珍："我觉得诸葛亮是非常优秀的军事家，善于谋略；关羽则像西方的骑士一样，非常有骑士精神；刘备并不是那么强大，很多事情都要依靠身边的人；曹操则是很有文人情怀与气度的伟大的领导者，他为当今阿拉伯国家的领导人树立了一个很好的榜样。为了稳定军心，他会把揭发军中造反人士的密函撕掉，甚至连看也不看，阿拉伯国家现在缺的就是这样的团结。"

兴之所至，卡迪米当场为我们用汉语诵读了几句曹操《短歌行》中的诗句。"在我看来，一个人最重要的成就，就是你的作品能够流传下去。"卡迪米这样认为。

翻译如炒菜，各有各风味

关于翻译，卡迪米有一个有趣的比喻，翻译就像炒菜，每道菜都有不同的风味，有的菜你可以加很多佐料，有的菜则必须要严守工序。《红楼梦》《三国演义》和《聊斋志异》三部作品各有千秋，对译者的能力是很大的考验。

对于《红楼梦》来说，翻译其中含蓄蕴藉的诗词很难，翻译出作品的韵味更是难上加难。卡迪米在忠实中文作品的基础上，还在阿语译本中加入了阿语诗的韵律。秉承着想要传递中华文化瑰宝的意图，卡迪米翻译的时候，“感受更多的是它营造出来的氛围，它的语言，而不仅仅是塑造的角色。”

当时因为是第一次参与中阿文学翻译合作，双方负责人员对于“忠实原文”和“贴近译文”存在着不少分歧。卡迪米作为一个来华工作多年的阿拉伯语专家，竭尽所能在其中斡旋调停。但也正是在这些过程中，他建立起了自己的信誉。后来翻译《三国》的时候，中阿双方同事对他的信任让翻译过程变得容易了许多。

“和中方合作、跨越语言障碍都非常不易，但是我朋友告诉我，你应该为自己觉得骄傲！你翻译了《三国》，这就够了。”卡迪米说。

作为一个优秀的翻译家，卡迪米最看重的便是译者的责任感。有了负责任的态度，才能做到“不以辞害意”，因为翻译，译的其实是“意”而不是“辞”。文化背景差异较大的时候，译者需要“牢记主角的人物性格，并在翻译中用例子加以证明”。说到举例，他便信手拈来翻译曹操的例子，“比如曹操是个诗人，我们在翻译《三国》的时候就可以翻译一些他的诗。”

所以文学作品的翻译，在卡迪米看来就是应该适当根据目标语言、文化差异加一些佐料，需要拥有更多驰骋想象的空间，以此来充分传达作品的意境。

除了文学翻译，卡迪米也做了不少非文学翻译，例如中国政府白皮书。对于这两种截然不同的文体的翻译，卡迪米深有体会。“白皮书很神圣，因此语言需要完全忠实于原文，但是同时对于读者而言又要有可读性。这样的菜式需要严守工序。”

“人民之间的关系才是最重要的”

伊中友好协会在卡迪米和朋友们的努力下，于 2006 年复会，已成为向阿拉伯世界传递中国声音的重要窗口，在此之前，由于伊拉克长期以来的局势以及各种困难，协会一直处于搁浅的状态。

卡迪米说：“通过这个协会，我希望更多的伊拉克人和中国人可以建立稳固的联系，因为人民之间的关系才是最重要的。”

2008 年伊拉克总统塔拉巴尼访华的时候，充分肯定了卡迪米在伊中友好协会做的工作，卡迪米也表达了自己为伊中友谊做奉献的一颗心。虽然目前协会的很多事项还没有太多突破性进展，但是卡迪米很高兴有人跟他一起在全力以赴地为之不懈努力。

2014 年，卡迪米获得了中国政府友谊奖，和其他获奖专家一起，受到李克强总理的接见，并参加了国庆晚宴。“中国是世界第二大经济体，是一个崛起的大国，而我能见到中国最高领导人，这是多么大的荣耀啊。”

其实最初来中国，卡迪米原本只计划待一年，但中国人民的善良让他爱上了这个国家，于是他举家搬到了中国，这一住就是十多年。

中国人民对卡迪米以及他家人的帮助，都在一点一滴地温暖着这个异乡人的心，让他觉得虽然自己是外国人，是穆斯林，但生活并没有不顺之处。“只要符合规定，中国的工作人员就会尽全力帮助我，新华社、友谊宾馆、广播台、外文局都是这样。我很爱我的

卡迪米与妻子在人民大会堂参加国庆晚宴留影

家人，不论我做什么，家庭都在我的考虑范围内，因此我工作很勤奋。”

新华社附近一家清真肉店的店主总是帮他切好肉，再冻到冰箱里，方便他下班的时候再把肉带回家。“因为人们的友善，我们作为语言不通的穆斯林在中国生活得也很方便。或许是因为我很幸运，或许乐于助人就是中国人的天性。”

“我的孩子们生在中国，长在中国，在中国接受教育，在中国工作，我想不出比这更好的理由来热爱中国。因为我最重视的就是我的孩子，我的家庭，而中国给予了我的孩子们很大的支持和帮助。”卡迪米的小女儿已经俨然地地道道的中国人了，“她说阿语像是中国人在说阿语一样，而她的中文说得像中国人。对她而言，中文才是母语。”

“我希望替现实发出美好的声音，告诉大家中国真实的现状。这是我对中国人民热情的回报。我希望我的孩子们也一样热爱中国，把她当作故乡。”卡迪米说。

感受新疆

文 / 艾德文·马厄　译 / 艾博

每年国家外国专家局都会组织一些获得中国政府友谊奖的外国专家一起旅行。2012 年的 8 月，我受邀请到新疆 5 日游。新疆的全称是新疆维吾尔自治区，居住着维吾尔族人。他们保留着伊斯兰传

作者在新疆交河古城遗址附近留影

统，从乌鲁木齐到与 8 个国家接壤的边境地区有很多清真寺。这 8 个国家分别是俄罗斯、印度、巴基斯坦、蒙古、阿富汗、哈萨克斯坦、塔吉克斯坦和吉尔吉斯斯坦。一些国家和中国有安全和贸易方面的协定，同属于上海合作组织。该组织是 2001 年在上海成立的，由此得名。

新疆地处古丝绸之路，毗邻西藏自治区。新疆的面积占中国土地总面积的六分之一，相当于 3 个法国，可人口只有 2300 万。

2012 年 9 月，乌鲁木齐举办了第二届中国欧亚博览会。这个为期 6 天的盛会的前身是乌鲁木齐博览会，取这个大得多的名号，当然是想争取更快速的发展，促进该地区和欧亚国家之间长期的经济往来，同时加强新疆与中国其他地区之间的贸易往来。温家宝总理出席了博览会并做了发言，表明发展新疆的重要性，以及中央政府大力发展欧亚贸易的目标。央视英语新闻频道对此做了全面报道，其中包括对该频道的首席评论员之一、对外经贸大学的刘宝成教授的采访。

该地区石油天然气和稀土资源丰富，全世界蕴藏量最大的稀土矿就在这里的白城县，这里的景色往往让游人叹为观止。虽说自古以来有世界七大奇观，但是新疆绝对可以和它们中的任何一个媲美。这里有拥有 3000 多年文明的古城，还有天池，美景如画，更像德国巴伐利亚旅游小册子里的宣传照。

冬季这里的气温会降到零下 30 度，夏天却会热到让某些游客受不了。这样的反差使这里的每一分钟都让游人很难相信自己的眼睛，他们不断按下相机的快门，希望捕捉住这些奇观。我在吐鲁番停留了两天。这地方应该叫吐鲁番盆地，因为这里是中国地势最低的地方。这里有一块孤耸的巨石，下面是一个温度计，那是下午 3 点多，上面显示当时的气温，46 摄氏度。很明显，我们所处的位置靠近周围的戈壁沙漠。

我们到达中国保存最好的砖土结构古城——有着 2300 年历史的交河。此时气温已经非常高了。虽然当时城里游人人满为患，但是在蓝天的衬托之下，那里的景色还是很壮观。我们很难想象，3 小时车程之外的地方就是雪山。不过第二天，这就得到了证实。

夏天是新疆葡萄最甜的时候，没有污染的空气中飘荡着各种水果（比如哈密瓜）的香气。我是不是像在给新疆打广告啊，不过，我还没说完呐。维吾尔族人不吃猪肉，他们的羊肉鲜美无比，烤的、煮的，能把你的味蕾完全打开，让你不知什么时候才能停下来。好了，我少说为妙，不过，我说的都是真的。

我们那个考察团在吐鲁番过夜。酒店很舒服。附近有人民公园，中间有湖，老老少少在那里纳凉，享受着从湖面上吹来的凉风。晚上 10 点了，孩子们还在那里玩耍。孩子们，还有他们的父母都不着急回家睡觉。

后面有一条街，那里有几家小店，我希望可以买一些蛋糕或者非常出名的馕饼，再来一杯茶，那就更好了。走过一家店，我看到里面有一个纸箱，上面写着“枣条”。我走近了仔细看，原来跟我熟悉的一种夹心饼干很像，里面夹着的是有嚼劲的枣馅。这家店好像是一个维吾尔族年轻人和他妈妈开的，他们在跟几位顾客聊天。我一进去，大家就都抬起头看着我。

我不会讲维吾尔语，我试着说想买4根枣条。那人看着我的眼睛，用英语说：“你只要4根吗？”我吓了一跳，说：“4根就够了。”接下来他做的事让我又吃了一惊。他把枣条放进塑料袋，笑着说：“我送给你。”我忙说不行，但他坚决不收钱。他笑着说，他以前上学的时候学过一点英语。

他当时26岁，曾在浙江的杭州大学学过一年中医。他的主业是在吐鲁番的大医院卖中药。我谢过他和他妈妈，心想，如果我身上有什么澳大利亚的纪念品可以给他们，那该多好啊。

我向他们告别，回到酒店。我拿了一个考拉毛绒玩具的钥匙扣，回到那家小店。母子二人看到我这么快返回来很吃惊。那位年轻人不知道考拉是什么，我让他在收银处的电脑那里，上谷歌搜一下，看看真的考拉是什么样子。我们找了几张图片，他笑了，想起好像看过的袋鼠照片里也有一些考拉。

物物交换结束了，考拉毛绒玩具换枣条。但是正当我再次要走的时候，年轻人执意要再给我一个礼物。我曾经拒绝过许多向我兜售东西的店员，不过这次，我的拒绝他置若罔闻。他让我等着，自己跑出去打了一辆出租车回家给我拿一盒葡萄。“大家来新疆都是来吃葡萄的。”他说。“但我不能收。”我拒绝道，“已经很晚了，你还得忙店里的事情。非常感谢你。但你不可以这样。”

他还是笑着，不过我知道他在想什么，他在看店里还有什么东西可以给我。在我跟他最后一次坚定地告别之前，他拿起一个超大的哈密瓜，放进一个袋子，递给我。这个时候，我的推让已经很被动了。如果你以为这就要结束了，那你可就错了。他打开饮料柜，拿出一罐水蜜桃汁，“土耳其的。”他说，然后使劲塞进我那只空着的手里。

他妈妈看着我们俩，觉得很有意思，但又不知道我们在说些什么，于是拿了把椅子坐下，笑着点头默许。我放下礼物，做了最后一次交换——名片，不过，这位新朋友的名片上写的却是阿拉伯文。他用拼音写下他的名字，MuShajiang（音译为穆沙江）。他告诉我，他的人生主要目标是旅游、结婚、生孩子。我祝他一切顺利，3 个目标全部达成——按先后顺序。

叶风：岭南眼光看中国

文 / 吴星铎　张祚祺

近来，一个名为《岭南眼光》（South China Insight）的网络新媒体平台在俄罗斯受到越来越多的关注。凭借其客观中立的态度和细致亲民的风格，《岭南眼光》在短时间内迅速发展成为俄罗斯报道中国新闻方面访问量最大、影响力最广的私营媒体之一。

叶风（尼古拉·瓦维罗夫）近照

“我们的目标是加强中俄的沟通交流与合作。读者尊重我们客观友好的方式，但最重要的是——我们报道清晰的信息。我们不仅谈论发生了什么事情，还谈论这件事之前发生了什么和之后会发生什么，我们试图了解原因，摧毁中国的负面刻板印象，并尽可能多地谈论关于中国的事实。”《岭南眼光》创始人尼古拉·瓦维罗夫（Nickolay Vavilov）向我们介绍说。尼古拉更喜欢我们称呼他的中文名——叶风。

叶风的中文名字取自于他母亲的姓氏——“叶风蒂”，而且“叶风蒂”在俄文中的发音还与智者“阿凡提”相同，在突厥语言中有“老师、导师”之意。在广州的一家咖啡厅里，黄棕色头发的叶风喝着咖啡，用一口非常流利标准的中文接受了笔者的采访。

《岭南眼光》主页页面

《岭南眼光》，介绍真实的中国

“刚开始的时候，工作量特别大，寻找新闻、翻译中文和英文的资料、分析、编辑、发布和配图全部都是我一个人完成，有时我甚至觉得自己就像一个工厂。多的时候一天一个人报道十几条新闻。”回顾创办《岭南眼光》一路走来的艰辛，叶风感慨良多。

两年来，《岭南眼光》已经发布了1200多篇新闻与文章，涵盖了政治、经济、文化、贸易、旅游、艺术和生活等方方面面的内容。从身边的日常故事到后来做出了能被俄罗斯国家商务部联合会转载的有深度的专业报道。

谈到创办《岭南眼光》的动机以及它的使命的时候，叶风认为，在俄罗斯，报道中国新闻的媒体主要分两类，其中占主要地位的是俄罗斯官方媒体。他们报道的焦点主要在中俄两国的政治外交上面，经济生活文化方面比较少提及。报道的内容比较侧重报道事件乐观的好的方面，喜欢直接引用中国的官方新闻，没有尝试去分析和解释它们。俄罗斯人并不能捕捉到正在发生的事件本质。

“于是很多俄罗斯人会不自觉地把中国类比成苏联的情况，凭个人感觉和经验来看待中国，这也导致中国在很多俄罗斯人心中的形象比较刻板保守。”叶风说。

另外一类是公共和私营媒体。这些媒体会报道更多民众普遍关心的经济生活方面的新闻，很好地弥补了官方媒体在这方面的空白。但这些媒体也有比较明显的缺陷：在报道时，有些消息他们事先没有查阅资料不经核实就直接发布。

叶风介绍说："我曾经看过一条新闻说，在中国，有一些人买汽车付款时都是用硬币来支付的，他们一次要支付成吨的硬币。"就像中国相声里经常调侃说老外怎么样一般，开一些无足轻重的玩笑。"主要原因还是他们对中国了解得较少"，一些记者受"中国威胁论"影响比较深，写文章时主观意识比较强，容易把消息夸张化。

"为了克服这样的刻板印象，我们必须在俄罗斯更多地报道中国取得的成就。官方媒体在这方面的工作尤为艰难，他们一字一句都要慎重选择。在这方面，最有效的就是公共和私营媒体。《岭南眼光》就是这样的媒体。"叶风说。

"我从小就想当一个中国专家"

叶风是个历史迷，高中时期就对中国这个古老的东方国家产生了深深的好奇。

当时的历史老师发现他对中国历史感兴趣后，便带着他一起研究中国历史，特别是对清朝时期中国与沙皇俄国的关系研究。因为这个契机，他开始跟老师学习如何分析资料，尝试写了不少文章，还积极参加各种与中国有关的科学报告会之类的活动。这段经历对叶风有着很深的影响，提起这位老师时，叶风赞叹说："我的老师是一个非常出色的像天才一样的人。"

叶风这股对中国的研究热情一直持续到了大学。为了能更了解中国，叶风在圣彼得堡国立大学求学时选择了中国语言与文学专业，开始正式学习中文。大学期间，他最喜欢做的事情就是看中国新闻，并试着把它翻译成俄文。

"那时候在俄罗斯经常能看到很多新闻都在报道中国经济飞速发展的消息，我坚信中国在未来一定会有非常大的成就，我从小就想当一个中国专家。"

2006 年，凭借着孜孜不倦的努力和优异的成绩，叶风得到了一个到安徽大学进行一年交换学习的机会。这是他第一次来中国，也正是这一次充满了文化冲击的旅程让叶风跟中国真正结下了密不可分的缘分。

在从北京去往安徽合肥的飞机上，已经学了 3 年中文的他忍不住试着用中文跟坐在旁边的中国人打招呼。出乎他的意料，这位中国商人对他的搭讪显得非常高兴，在下飞机之后还热情地坚持让朋友开车把他这个"国际友人"护送到了安徽大学。

"中国人都非常热情，喜欢认识外国的朋友。"这成为了他对中国的第一印象。

也是同一天，在大学的饭堂里，初来乍到的叶风向售饭的阿伯问路："请问那个地方在哪儿？"得到的回应却是对方迷茫的眼神。在艰难地尝试了各种肢体语言仍沟通未果时，突然间随口而出的一句"请问那个地方在哪里"意外地让他得到了答案。"按照方言地图我以为安徽话也属于北京话的范围，实际上却不是，他们说的是他们自己的方言。你跟他说'在哪儿？'他是听不懂的，要说'在哪里'。"

哭笑不得之余，他开始反思自己一直以来学习的中文。"那个瞬间我突然意识到原来中国的每个省份都是不一样的。"

大学毕业之后，叶风毅然决定再次回到中国。8年的时间里，他游历过中国的许多地方，在安徽、广东、福建、浙江和北京等地都小住过一段时间。中国不同的地方在方言、文化、历史和美食等方面都各有特点，给叶风带来了非常大的冲击。"我开始明白：中国并不意味着一个北京。"

也是这几年的经历，让叶风深刻地体会到中国是一个文化大国。他说在俄罗斯，对于中国，人们只知道北京和上海，和中国的联系也仅仅建立在中国东北，中国南部等地区的经济发展鲜为人知。于是，他在俄罗斯的社交网络上开了一个博客，用来分享他跟他的朋友们在中国生活发生的一些事情，顺带着科普一些中国小常识。当这个博客的用户关注量破万时，带着一种促进中俄互相理解的使命感，叶风成立了一个全新的网络新闻媒体——《岭南眼光》（俄语名字是《中国南方》）。

“一带一路”带来的机会

谈到当下的中国，叶风认为，中国已经开始进入一个“新常态”。“中国正在实现复兴的道路上努力前行，这当中困难重重。而且它还有13亿的人口，这几乎相当于13个英国，难度难免也就更大些。不过习主席早年在中国很多个地区的基层都工作过，他能明白老百姓的需要和想法，也有比较丰富的改革开放的经历。困难总是与机遇相伴。”叶风说。

叶风非常关注“一带一路”，接下来《岭南眼光》会尽可能报道更多与“一带一路”有关的新闻。之前他刚采访了车里雅宾斯克的州长，因为车里雅宾斯克地处乌拉尔，离“丝绸之路”非常近。他们刚刚开通了“新丝绸之路”俄罗斯——中国的第一个项目，但是遗憾的是很少有媒体注意到这件事。

“一带一路”能给中俄两国带来巨大的商机。“特别是对俄罗斯来说，如果希望和中国的合作能有效果，那么就一定需要去了解对方。”叶风借用了一个形象的比喻，“这就像买卖中，卖家想要卖给你一个全新的商品，但是不给你看，也不告诉你这是什么东西，你买不买？答案很明显。投资商不会去投资他们不了解的地方。”

俄罗斯人想发展，想吸引中国的投资，却不熟悉中国的法律环境，不知道如何吸引外商。中国商人想投资生产，但却可能因为对俄罗斯的不了解而错失了宝贵的机会。

“我们注意到了俄罗斯媒体和中国媒体的不足之处，并设法把关于中国最好的资源引入俄罗斯。”叶风说。

“不夸大也不轻视，我们只报道客观存在的事实。我们希望能通过新闻让政府的官员们及时发现贸易合作中出现的问题。会阅读新闻的不只是商人，政府官员们也会通过新闻来了解其他国家的情况。‘一带一路’欧亚沿线的很多国家像吉尔吉斯斯坦和哈萨克斯坦的领导人都会说俄语，所以也能看我们网站的新闻。”

叶风说，接下来“一带一路”的贸易合作双方将更多的是地区对地区的点对点单独合作，而不是通过政府官方的沟通。《岭南眼光》希望能及时地为贸易双方提供各自所需要的经济信息，促进他们的相互理解，尽可能减少因为信息不对称带来的不必要的损失。

“我是三成中国人”

《岭南眼光》的记者团总部设在广州、深圳和香港。在过去的 5 年里，叶风只回过俄罗斯 3 次，每次都不超过两个星期。他开玩笑地说自己现在已经变成了“三成中国人”。如今的叶风，不仅说着比较地道的中文，思维方式、做事方式，也慢慢变得和中国人相近。

叶风对中国书法格外情有独钟。他觉得每个中国汉字背后都藏着许多故事，简单的横竖撇捺里蕴含着别致的美。每一次的挥毫泼墨都能给他带来心灵的平静。

叶风说，中国是一个文化大国。中国有很多名胜古迹，还有茶艺、书法和国画等众多的传统文化。“你讲哪种语言，你的思想就是哪种思想。只要中国人一日还讲中文，那么中国的思想就不会消失。外国的文化又怎么会影响你们呢？中国要有大国意识，让周围的国家都来学习你们的文化，学习你们的语言，学你们下围棋、打麻将、打太极拳。”（苏莉（Anastasia Sukhoretskaya）对本文亦有贡献）

中国当代文学批判者——顾彬

文 / 荣邵

因唐诗爱上中国

初见顾彬（Wolfgang Kubin），当记者称呼他为汉学家时，他会首先纠正记者：“不要叫我汉学家，请叫我诗人顾彬。”

德国波恩大学教授沃尔夫冈·顾彬

顾彬在他的大学生涯中，开始接触并慢慢爱上唐诗。他说："当时有一个研究唐诗的专家，他欢迎我跟他学唐诗、宋词等。之后他要求我的博士论文写唐诗，但我觉得他推荐的人选对我来说不合适，当时我觉得杜牧很不错，那么我就写他。"1973 年，顾彬获波恩大学汉学博士学位，其论文为《论杜牧的抒情诗》。

"中国诗歌一直为我所爱。"所以顾彬无论在公开言论还是学术专著中，都对中国诗歌褒奖有加，"我钟爱诗歌不仅是在漫长的中国文学史之中，而且也远远超越了中国文化的界限。在第一位德国诗人出现之前，中国的诗人们已经进行了 2000 多年的诗歌创作，在若干世纪之后，一位德国诗人才终于能够与一位中国诗人相提并论。"

谈到自己喜欢的唐朝诗人，顾彬认为，李白是个"很勇敢、充满勇气的人"，他的诗"有一种内在的力气"。他对杜牧也给予很高评价，认为虽然比不上李白，但也是个很有才气的诗人。

1974 年顾彬来北京语言学院 (今北京语言大学) 进修汉语，那是他第一次来中国。"那时根本不知道中国文学，连鲁迅是谁都不知道，直到我学习中文后，才开始对中国文学有所了解。如果我放弃了，在德国也就没有第二个人研究中国文学了。"顾彬自豪地说。

顾彬常说："我每天只睡五六个小时，爱朗诵诗歌，也爱喝中国白酒。"诗歌与学术研究占据了他生命里的大部分时间。他以翻译现代中国散文和中国诗歌而在汉学界为人所知，是德国最著名的汉学家之一。但2006年的一次访谈将他推上风口浪尖，让他为广大普通读者所知。

爱之深责之切

2006年11月，顾彬接受了德国之声记者的采访，就中国当代文学、中国作家，以及一些具体作家和作品谈了他的看法。针对中国出现的所谓“美女作家”，顾彬称“这不是文学，这是垃圾”。但之后，他的话被《重庆晨报》局部转载，顾彬对个别作家的批评和对中国当代文学的意见变成了“德国汉学家炮轰中国文学，称中国当代文学是垃圾”，引起了很大的反响。

事后，搜狐做了个民意调查，超过85%的网民投票赞成“中国当代文学是垃圾”的说法。

针对国内媒体的误读，顾彬如是说：“令我感到遗憾的是，40年来，我将自己所有的爱都倾注到中国文学之中，而这些在‘垃圾论’的讨论中好像从来没有人提及到。中国文学当然也包括当代文学，差不多是我的生命所在，正因为喜欢它，我才会采取批评的态度。”

但也许恰恰因为顾彬的批评，他的建议在中国总是被倾听，并且受到重视，因此在2007年，顾彬在人民大会堂被授予中国图书的最高奖——中华图书特殊贡献奖。

顾彬的翻译观

顾彬曾认为："翻译者会对两种语言都感到陌生，母语和外语，仿佛对两者都不再有把握。他怀疑一切。这样也好，因为他会谦虚。在这种情况下，他会感觉，无论德语还是中文都仿佛没有真正掌握。"但德国作家歌德也曾说："翻译无论有多么不足，仍然是世界的各项事务中最重要最有价值的工作。"

2013 年，顾彬获德国翻译最高奖约翰·海因里希·沃斯翻译奖，以奖励他在"翻译领域做出的杰出成就"。在领奖辞中，顾彬这样说道，不少专家学者长期以来推测：只有在有翻译的地方，才有进步；只有吸取，才有现代。德国和中国在这方面也许是最好的例子。因为这两个国家，当它们没有翻译时，它们是道德文明糟糕的国家。现在，因为它们在世界上翻译得最多，所以它们不仅仅是在经济上取得巨大成功。

顾彬拿上世纪三四十年代的德国来比较，当时德国禁止了很多外来作品的翻译，他认为那是很大的损失。中国也是如此，直到中国改革开放开始大量引入翻译作品后，才同德国一样有了很好的改变。

他还补充道："不管怎样，翻译不仅改变社会，也改变个人。于我而言，李白的两句诗就足以将我从新教的讲坛带走，而后又让我站在波恩大学讲台上。"

谈及中国译者和德国译者的区别，顾彬说："中国的译者基本上都很年轻，但是我们的翻译家们年龄很大，可能50岁、60岁，甚至80岁。如果一个人20岁开始翻译，他没有经验，语言水平可能也有问题，所以一个认真的翻译家不应该到了30岁以后就停止翻译。中国将作者和译者分得很清楚，但是在德国，你可以同时是作家、学者、翻译家、评论家。"

2015年12月17日，北京外国语大学为顾彬教授举办其学术成果图片展，图为顾彬在中国时的照片

"德国的每一个译者，他可以跟最有名的作家比肩，也能够得到非常高的翻译奖、文学奖。德国翻译协会成立的时候，只有发表最少三部文学作品的作家才能够加入。从1954年开始到现在已经过了五六十年，因此德国

的译者人群拥有稳定的思想、文化和语言背景。中国、美国或者英语国家的译者都没有。”

当代中国缺乏鲁迅式的作家

21 世纪以来，顾彬花费 5 年时间，以一己之力编著的《二十世纪中国文学史》，令他成为海外研究中国现当代文学史的权威之一。

这部著作勾画出了二十世纪中国文学的演变史，在顾彬看来，二十世纪中国文学的中心形象是作为“病人”的中国，但鲁迅等作家的伟大恰在于同一切时代幻想都清醒地保持了距离，代表着一种倔强的理性反思精神。

顾彬翻译的《鲁迅选集》六卷本可以说是他最著名的作品。为什么选择鲁迅？面对记者的提问，顾彬称鲁迅是其最为欣赏的现代中国作家之一。“鲁迅汉语和日语都没问题，而当代中国大多作家的外语不太好，无法读原著，就无法吸收其他语言以丰富自身的表达，所以他也不能够从另外一个语言系统看自己的作品。因此我认为鲁迅是真正的国际化人才。”

顾彬说：“如果我们要分 1949 年以前和 1949 年以后的中国作家的话，我们会发现，1949 年以后很难找到一个会说外语的中国作家，他们只能看翻译成中文的外国作品。所以中国作家对外国文学的理解和了解是非常差的，差得很。1949年以前，鲁迅、张爱玲、林语堂都是优秀的中国作家，那时不少作家认为，我们学外语会丰富我们自己的写作。”

《鲁迅选集》德文版，顾彬译

人生七十古来稀，不过善于批评的的顾彬似乎也学会了中国人的世故。就在2015年12月17日，北京外国语大学召开的顾彬70寿辰华诞上，顾彬如是说：“虽然我已经从波恩大学退休，但自从担任北京外国语大学特聘教授以来，我每天都在同中国人交流学习，有了他们的帮助，我才能出版《中国古代思想家丛书》，现已出版《孔子》《孟子》《庄子》等，也感谢中国友人的帮助，我才能更加了解中国文学。”（参考德国之声报道《德国汉学权威另一只眼看现当代中国文学》）

斯诺笔下的长征

《国际人才交流》杂志整理

埃德加·斯诺是第一个到访陕甘宁革命根据地的西方新闻记者，也是第一个与中国共产党人对话的美国人。1937 年 10 月，斯诺在英国出版了《红星照耀中国》（又译《西行漫记》）一书，在书中，斯诺把长征誉为“当今时代无与伦比的一次史诗般的远征”。

斯诺的长征第一印象

在整个《西行漫记》中，斯诺带给西方读者关于红军长征的第一印象是陪同他向保安行进的一群“孩子兵”，这些孩子都是红军在长征途中收容的生活难以为继的贫寒子弟。这些十几岁的孩子与斯诺相谈甚欢。

其中的绰号为“老狗”和“老表”的孩子话特别多。斯诺问孩子们，为什么参加红军。17 岁的“老狗”告诉斯诺，他是在福建苏

沈嘉蔚油画《红星照耀中国》（局部）

区参加红军的，两万五千里长征，他是一步一步走过来的，红军教他读书写字，并且把他培养成了一个无线电报务员。他参加红军的原因是“红军帮助穷人”。16岁的“老表”是在江西参加红军的，也从头到尾经历了长征，红军对他很好，他从来没有挨过打。“老表”将自己参加红军的原因上升到了国家民族的高度，参加红军，是为了帮助穷人，“救中国”和“抗日”。

一个在四川参加红军的小战士告诉斯诺，他参加红军是为了活命，因为他家里是贫农，不够养活他和两个姊妹。红军到村子里，还给老百姓们演戏，又给老百姓们分了土地，他家里也分到了土地，地主都被吓跑了。于是他就参加了红军。

一个大约 19 岁的小战士告诉斯诺，他家乡在湖南，自己当过铁匠学徒。红军到了他们县里，他赶紧去参军了，因为他要同那些剥削他父母血汗的地主们“打仗”，红军就是解放穷人的军队。

与斯诺一起行进的孩子们当中，还有几个来自福建、浙江、江西、四川，但是大多数都是山西和甘肃本地的孩子。这些孩子有些参加红军是为了“打日本”，有些是为了“逃脱奴役”，还有三个是从国民党军队中逃过来的。绝大多数孩子参加红军是为了“革命，打地主和帝国主义”。

斯诺先生开玩笑地说，红军与普通的中国军队相比是真正的“全国性的军队”，而国民党的部队基本上按照省区编成。红军的孩子们虽然来自于不同的省份，但是相处融洽，一路有说有笑，并且时常高唱革命歌曲。

长征之初

毛泽东在接受斯诺访问的时候，详细介绍了红军长征的情况，披露了很多鲜为人知的细节。

斯诺在书中写到，红军对于长征的准备期长达一年，红军高层举行过秘密会议，决定避敌锋芒，将红军主力转移到一个新的根据地里去。斯诺称赞为：“计划周密，很有效能。”红军长征之初在赣南进行了动员，夜间秘密地用游击队将主力部队替换下来，等到全部的红军主力在雩都（今于都）附近集中后，才下令大部队行军。由于行动迅速且秘密，在红军 9 万人的大部队开拔几天后，国民党军才发现。

红军将主力分成西、南两个纵队，分别攻打湖南、广东的国民党碉堡线。红军猛烈攻击，快速推进，直到占领了湖南南县境内全部的碉堡封锁工事。于是红军向西、向南进行战略撤退的道路被打开了。

在迅速突破国民党军第一道碉堡线后，红军开始了“划时代的征途”。红军在 1934 年 10 月 21 日突破国民党军第一道封锁线，在 11 月 3 日占领第二道封锁线，一周后占领第三道封锁线，广西和湖南的国民党军队在 11 月 29 日主动放弃了第四道封锁线。中央红军主力挥师北上，深入湖南，准备直捣四川，与徐向前领导的红四方面军会合。

红军转战江西、广东、广西、湖南，减员严重，到达贵州边境时，减员三分之一。斯诺分析，红军减员严重的第一个原因在于，后勤运输规模过大，红军当时动用的运输人员有 5000 人之多，被辎重拖了后腿；第二个原因在于行军走的是一条西北向的直线，容易被国民党军预知动向，从而设置障碍。

于是红军到了贵州后，行军不走直线，且采取多路分兵和声东击西的战术，让国民党方面不易判断行军方向。此外，红军还轻装上阵，只保留最低限度的轻便装备，以加快行军速度，运输部队减少人数，改为夜间行军，避免国民党飞机的空袭。

蒋介石从湖北、安徽、江西抽调大量部队，进入贵州增援地方军阀王家烈的部队。然而，在战力强大的红军部队面前，王家烈的烟枪部队几乎被完全消灭，红军还在贵州吸纳了两万名新战士入伍。

面对国民党军重兵防守的长江防线，红军在 1935 年 5 月初，突然又回到云南，并作出攻击云南省会昆明的态势。云南军阀龙云集中一切力量防守省会，在贵州的国民党大部队也迅速赶来增援。在成功地调动了国民党军的主力之后，红军主力在皎平渡过长江，进入四川境内，六条大船昼夜不停地将红军部队运到对岸，整整运了 9 天。

渡过大渡河

蒋介石希望借助大渡河的天险，将红军全部歼灭。可是红军战术灵活，且“运气实在太好”，又成功渡过大渡河。在《西行漫记》中，斯诺用了上下两节向西方读者浓墨重彩地介绍了红军渡过大渡河的故事。

斯诺对于大渡河的历史是比较了解的，他说，三国的英豪和后来的许多战士，尤其是太平天国的石达开，都是在大渡河天险面前走向了失败。蒋介石也电令四川军阀刘文辉和刘湘，要在大渡河沿岸重演石达开失败的历史。

斯诺用细腻的笔触讲述红军渡过大渡河的故事。他说，命运再一次与红军交了朋友。红军的先锋部队在彝族向导的带领下，猛扑大渡河的安顺场渡口，竟然发现在大渡河的南岸系着一艘渡船。原来防守大渡河渡口的一个团长以为红军还要很长时间才能到大渡河，就不顾蒋介石的严令，渡过河来，到亲戚家吃吃喝喝。于是，红军奇袭安顺场，团长被俘获，渡船自然也被缴获。

接下来的叙述文字，斯诺写得惊心动魄。16 名红军战士自告奋勇搭乘缴获的渡船，去河对岸把另外两艘渡船给弄过来。红军在南岸设置了机枪阵地，为他们提供火力掩护。当时大渡河正发大水，水流湍急，河面比长江还宽，战士们艰难地驾着船用了两个小时才到了河对岸。敌人竟然让 16 位勇士从容上岸，并占据了俯瞰敌人碉堡的悬崖制高点。16 位勇士向敌人的碉堡猛投了一批手榴弹。敌人仓皇逃窜到第二道防线。到达北岸的小部队一面固守阵地，一面派人将三只渡船都驶回南岸。于是大部队开始过河。三天时间，一个红军整师就过了河，敌人逃走了。

红军大部队向安顺场集中。不过国民党空军很快发现了这一情况，展开狂轰滥炸，国民党追兵也在加快行军速度，准备来包围红军主力。面对危险的情况，红军领导们立即开会，作出决定，夺取安顺场西面的泸定桥，确保全军迅速渡河。

南北两岸的红军部队，迅速向西急行军，日夜兼程，将国民党军甩在后面。红军先锋部队到达泸定桥时，发现作为桥面的木板一半已经被撬走，河流中心只剩下空铁索，并且国民党在桥头堡设置了机枪阵地。国民党军防守兵力是一个整师。

红军先锋部队征集了 30 名勇士去执行夺桥任务。勇士们背着步枪和手榴弹，抓着铁索向河对岸发动了进攻。红军的机枪展开了火力压制，国民党军守桥部队也用机枪还击。一些战士中弹牺牲，但是越来越多的战士爬到了桥中央。20 多个红军战士匍匐到了桥板上，手榴弹一个接一个地击中敌人的机枪阵地。守桥的敌军仓皇后撤。20 多个勇士乘机冒着火焰，冲过桥，并占领了敌人的机枪阵地。后面的红军战士立即渡河，并铺上了新的桥板。不久，原先过了河的红军先锋师也出现了，两支红军部队对敌军发动了钳形攻势，敌人狼狈而逃。占领了泸定桥后，红军主力部队迅速过河，国民党飞机展开轰炸，但是炸弹大都落到了河里。安顺场和泸定桥的幸存的敢死队勇士们，都被授予了红军最高的金星奖章。

过草地

红军渡过大渡河后，就进入了相对安全的川西地区，这里国民党的碉堡体系尚未完成，且国民党的兵力较少。不过红军面临着地理环境上的挑战——沿途有 7 条高耸的山脉需要翻越。

红军在大渡河以北爬上了一万六千英尺高的大雪山。红军战士衣衫单薄，且战士大都是南方人——抵御严寒能力较弱，很多战士被冻死。毛泽东告诉斯诺，在更加难爬的炮铜岗上，战士们生生是靠砍伐长竹子，铺出一条路来，因为泥淖齐胸深。有一个军团三分之二的驮畜在这里死掉，成千上万的战士失去生命。红军接下来又爬过了邛崃山脉、梦笔山、打鼓山，又损失了不少人。1935 年 7 月 20 日，他们进入川西北的毛尔盖地区，与四方面军在松潘苏区会合。红军在这里做了长期的休整，整编了部队。中央红军原先的 9 万人，只剩下一半。

8 月，中央红军继续北上，朱德被留在四方面军。一年后，四方面军与贺龙的二方面军会师后，才向甘肃进军。中央红军北上的下一个障碍就是川藏边界的大草地。大草地沼泽遍布，且荒无人烟，大雨连绵，道路像迷宫一样曲折，稍有不慎就会被沼泽夺去生命。草地中没有柴火，红军战士只好生吃野菜和青稞。下雨的时候，红军没有帐篷，只好蜷缩在捆扎在一起的灌木枝下，任由大雨侵袭。

蒙受了巨大的损失后，红军还是顽强地走过了草地，到达甘肃边境。在甘肃南部，他们又与国民党军队打了几仗，最终艰难突破障碍，到达陕北。1935年10月20日，红一方面军先锋部队与陕甘红军会师。

“长征是军事史上最伟大的业绩之一”

作为一个出色的记者，斯诺没有简单地流水账式地叙述完红军长征的过程就收尾了。他在向西方读者介绍长征的过程之后，进行了很好的提炼总结。

他说，长征的统计数字是“触目惊心”的：“几乎平均每天就有一次遭遇战，发生在路上某个地方，总共有15个整天用在打大决战上。路上一共368天，有235天用在白天行军上，18天用在夜间行军上。剩下来的100天——其中有许多天打遭遇战——有56天在四川西北，因此总长5000英里的路上只休息了44天，平均每走114英里休息一次。平均每天行军71华里，即近24英里，一支大军和它的辎重要在地球上最险峻的地带保持这样的平均速度，可说近乎奇迹。

“红军一共爬过18条山脉，其中5条是终年盖雪的，渡过24条河流，经过12个省份，占领过62座大小城市，突破10个地方军阀军队的包围，此外还打败、躲过或胜过派来追击他们的中央军各部队。他们开进和顺利地闯过6个不同的少数民族地区，有些地方是中国军队几十年所没有去过的地方。”

斯诺称赞红军长征是军事史上最伟大的业绩之一，媲美成吉思汗西征和土尔扈特部东归。汉尼拔翻越阿尔卑斯山的壮举与红军长征相比，就像“一场假日远足”，不值一提。

他充分肯定了红军长征的意义，是一场战略撤退，而非溃退，红军完成远征目的，并且核心力量保持完整。红军强调这场远征对于未来抗日的意义——在向抗日前线进军，将红军长征变成了“一场精神抖擞的胜利进军”。长征也是历史上“最盛大的武装巡回宣传”，红军在经过的超过2亿人口的地区留下了革命的种子，红军向老百姓讲解土地革命的意义，宣传抗日政策。

他毫不吝啬地用这样的语言盛赞红军长征的精神：“冒险、探索、发现、勇气、胜利和狂喜、艰难困苦、英勇牺牲、忠心耿耿，这些千千万万青年人的经久不衰的热情、始终如一的希望、令人惊诧的革命乐观情绪，像一把烈焰，贯穿着这一切，他们不论在人力面前，或者在大自然面前、上帝面前、死亡面前都绝不承认失败——所有这一切以及还有更多的东西，都体现在现代史上无与伦比的一次远征的历史中了。”

他在叙述长征文字的结尾，用毛泽东的《七律·长征》作为结尾：“红军不怕远征难，万水千山只等闲。五岭逶迤腾细浪，乌蒙磅礴走泥丸。金沙水拍云崖暖，大渡桥横铁索寒。更喜岷山千里雪，三军过后尽开颜。”

横堀克己：一个将生命都献给中日友好事业的人

文 / 王众一　林崇珍

2016年12月24日突然离世的横堀克己先生，是中国对日报道的老字号《人民中国》杂志社原编委、原《朝日新闻》编委、中国外文局和《人民中国》杂志社终身顾问，也是中国政府友谊奖的获奖专家，几十年来一直从事新闻工作。

1979年，他随《朝日新闻》代表团访问北京，受到邓小平的接见，聆听了邓小平首次公开面对国外媒体系统阐述的中国改革开放政策。1981年，作为外派记者的他来到北京工作。前后7年半生活在中国，使他目睹了中国改革开放带来的巨变，对中国的发展道路形成了积极的认识，并意识到推动日中友好以及日中战略互惠关系对日本和中国的特别意义。

身体力行的“老记者”

退休后，横堀克己决心将自己的余生贡献给增进日中相互理解的事业。2001 年，经朋友介绍，他来到中国外文局所属的日文月刊《人民中国》工作。时值《人民中国》全面改版，横堀克己充分发挥他老记者的优势，在帮助《人民中国》改版、调整编辑方针、提出对日本读者有针对性的选题等方面作出了突出贡献。

他不仅身体力行，从事采编翻译审稿工作，还积极帮助培养年轻骨干员工。在他的帮助下，《人民中国》年轻骨干快速成长，其

横堀先生（右三）在《人民中国》杂志社举办的忘年会上与年轻编辑互动

中有三位成为实施本土化战略后派出的东京支局长。

2002 年，在策划实施纪念中日邦交正常化 30 周年特别报道的过程中，他凭自己的人脉采访到了邦交正常化的见证人撰写了《翻开历史新篇章——追忆毛泽东田中角荣会谈》一文，成为中日关系史上非常有价值的口述史文本，日本《读卖新闻》《朝日新闻》以及岩波书店对相关文集进行转载，在日本各界引起强烈反响。2003 年，鉴于横堀克己在中国工作期间的突出贡献和优异表现，中国政府颁发给他友谊奖。无数中国人的挚友就这样，在夫人雅子的陪伴与照料下，横堀克己在《人民中国》一干就是整整 9 年。在这 9 年里，他凭自己的人格魅力，与无数中国人结为挚友。和他一起工作的其他日本专家，也公认他的领军地位。他满腔热情地向日本读者介绍中国的改革开放，主张中日友好的极端重要性，为此遭到了日本右翼刊物的诋毁，但他完全不为所动。回到日本后，他继续担任编辑顾问，帮助《人民中国》东京支局的年轻人策划选题、组织文章。2014 年下半年，日本出版界盛行“厌中憎韩”邪风。横堀克己发挥其独特作用，帮助东京支局联系“抵制歧视言论和排外主义出版人会”的负责人，成功组织了一场座谈会，与会者旗帜鲜明的反歧视、反排外观点一经刊出，在日本读者中引发巨大反响。

“不见中日关系转圜，我死不瞑目”

作为“日中未来之会”组织的共同代表，横堀克己联系日本的有识之士和健康力量，与破坏中日关系的势力作坚决的斗争，并和中国方面的学术机构与团体展开充分交流，为中日关系转圜贡献力量。抱病期间，他依然深深关切中日关系，念念不忘的就是如何改变目前令人忧虑的状况。他对一位中国朋友说：“不见中日关系转圜，我死不瞑目。”直到生命的最后阶段，面对去医院看望他的《人民中国》东京支局人员，他第一句话就是：“杂志工作是否顺利？”可以说，他做到了为自己所喜爱的新闻事业和中日友好事业鞠躬尽瘁。一个将生命献给人民友好事业的人永远地离开了我们，但横堀克己先生的精神必将永存，更多的人会投身到他毕生为之奋斗的事业中来。长远来看，中日关系必能经受住风雨考验，最终走向转圜。

在华六十年，友谊伴我行

文 / 横堀克己

为纪念中日两国政府缔结《日中互派记者协定》50 周年、北京中日新闻事业促进会成立 20 周年，北京中日新闻事业促进会于 2015 年 10 月出版纪念文集——《风雨东京路》。横堀先生受邀在这本中日记者回忆录中发表文章，回顾了他在华从事新闻工作的经历。

1964 年，日中互派常驻记者之时，尽管两国尚未建交，但是双方记者不间断地发送记录对方国家现状的新闻报道，这无疑对促进实现中日关系正常化发挥了重要作用。其后，常驻北京的日本记者们，无不受到中日新闻事业促进会各位同行的关照与帮助，中日两国的记者为促进日中间的相互理解做出了各自的贡献。

正是有了《互派记者协定》，我本人于 20 世纪八九十年代两次合计在北京工作了 7 年；退休之后，我又在《人民中国》杂志社担任了 9 年的专家，时间总计达 16 年之久。在中国无论是日常生活还是工作采访，我都能够感受到中国朋友们暖暖的情谊。

“互派记者”与我渊源颇深。实际上，早在 1966 年，我就在东京见到了《互派记者协定》签订后第一批驻日的中国记者刘德有先生。当时，我还是一名在校学生，不过已经内定进入《朝日新闻》工作。在时任共同通信社北京支局长的山田先生家中，我初次见到了刘先生。那时刘先生还很年轻，可是，他用一口流利的日语热情地介绍中国情况的情景，我至今记忆犹新。

我先行告辞离开山田先生的家，遂发觉路边停着一辆黑色轿车，车中两名便衣警察模样的人物正在监视着这里。“身为来自未建交的、共产党国家的人物”，当时驻东京的中国记者们，全天 24 小时都处在监视之中。在中国刚刚实施“改革开放”政策的 1981 年底，我赴北京开始了常驻记者的生活。当时，中国几乎没有召开记者招待会等新闻发布形式，采访什么，几乎无从下手。而此时此刻，给予我援手的正是《人民日报》《经济日报》《光明日报》等中国的同行们。

1990 年，我第二次到北京工作时，正值北京亚运会开幕。为报道亚运盛况，《朝日新闻》最多时派出了近 20 人的采访团队。再加上中国方面派来的翻译人员和司机，以及协助工作的日本的留学生，形成了将近100人的大团队运作。当时，我担任北京支局长，协助我工作、调动中国员工的是苏海河先生。身为支局长，我要求支局所有员工“在接听电话时，必须先自我介绍‘这里是朝日新闻’”。但是，中国人接听电话时，没有自报家门的习惯。每当我打电话到新闻中心的工作间时，中国员工依然我行我素，我就禁不住心头冒火，久而久之，接听电话的事竟然全由苏先生一人承担了。

1992年9月底，《人民日报》社与《朝日新闻》社、朝日电视台包租了三天长江豪华游船，共同主办了人称长江三峡研讨会的“21世纪的亚洲”国际研讨会。与会者不仅有中日两国的著名学者、作家、有识之士，韩国《东亚日报》以及中国台湾《联合报》的编辑负责人也应邀参加。实际上，召开这一史无前例的国际性会议的主意，是《人民日报》的孙东民先生与我在餐桌上聊出来的。我与中国同行的交往已经超过了半个世纪，这样的例子举不胜举。

日中两国之间存在的问题，依然堆积如山。所谓成也斯人败也斯人，但无论是问题的解决，抑或是致使事态恶化，在媒体所发挥的巨大作用这一点上，当是无可置疑的。我衷心祈愿中日两国培育起新一代抱有这样一种自觉的青年记者。

奥利弗·格朗让：游走法语世界的“中国名片”

文 / 李艺雯　屈婷

他是瑞士明星主持人，在法语地区家喻户晓。

他是中央电视台国际版《城市之间》节目的裁判主持人，夸张幽默的主持风格吸引了不少中国粉丝。

他是微视频纪录片《奥利弗游中国》的主角，2017年，他讲述的中国故事“刷屏”海内外各大社交媒体。

他说，希望能成为中国的使者，向世界介绍中国人民的真实生活。

他就是奥利弗·格朗让。

《城市之间》：为中国观众带来法兰西风情

2000年，奥利弗与中国结缘。动感的音乐、不变的勇攀高峰，《城市之间》这个由法国自1998年创建的竞技游戏节目带着它独有的法兰西元素来到中国。

裁判主持人奥利弗·格朗让是《城市之间》的标志性人物，他夸张的表情、搞笑的语言给中国观众留下深刻印象。随着节目的热播，奥利弗迅速拥有了一批中国粉丝。赛场外，同样富有感染力的奥利弗经常用不流利的中文与中国选手做游戏、交流比赛心得。跟随《城市之间》去过世界各地的奥利弗表示中国是举办这个节目最出色的国家。奥利弗说：“我爱在中国工作。当中国人注视着我的眼睛的时候，我感觉我的心和中国在一起，我是中国真正的朋友！”

缘分就是这么妙不可言，十几年后，他再次受邀来到中国，走南闯北带领法语地区的观众饱览中国的新风貌。

冰雪奇缘：崇礼与达沃斯

“尊敬的外国朋友，我邀请你们来中国！感谢我的中国朋友，让我在中国像在家一样！”欢快的曲调中，奥利弗形象的卡通小人骑着自行车，在彩虹色的背景中穿行。天坛、东方明珠、故宫……众多地标变成了剪纸，在他身边逐一滑过。

2017 年 1 月起，《奥利弗游中国》强力“刷屏”海外视频网站和社交媒体。纪录片每集 5 分钟，以幽默的语言讲述一个个关于中国的小故事，在法国国际卫星电视网、CGTN 法语频道、YouTube、Facebook、腾讯视频等平台面向全球播出，覆盖法国、塞内加尔、瑞士、科特迪瓦等全球 30 多个法语国家和地区，成为世界主要法语地区了解中国的一扇窗口。

在“冬奥小镇”河北崇礼县，一家名为“达沃斯”的酒店让奥利弗·格朗让觉得特别有趣。有一名游客甚至对他说：“因为老来崇礼，所以知道了达沃斯。”

“这就是我要找的东西！”奥利弗兴奋地说。他让摄影师在崇礼县走街串巷，拍下了他在这里发现的“达沃斯”情结。曾经是瑞士滑雪明星教练的崇礼人徐中星是奥利弗的向导。在他的帮助下，奥利弗记录下滑冰场保安惠万斌一家被“冰雪”改变的生活。

在惠万斌家，奥利弗·格朗让坐在席间，与这个三世同堂的家庭吃了家宴。他去了惠万斌工作的停车场，在他的指点下，远眺黄土嘴村村民开办的农家乐和滑雪商店。

和瑞士小镇达沃斯一样，崇礼拥有众多优质的高山滑雪场，这里也成为 2022 年北京冬奥会雪上项目的主赛场。对于第一次来到崇礼的奥利弗来说，最让他惊讶的不仅是这里设施完善的雪场，还有中国人对冬季运动的热情。“世界经济论坛 2017 年年会在瑞士的达沃斯小镇举行，达沃斯和崇礼有着相似的气质，在很多地方有共同点。”奥利弗表示，他相信通过节目充分展现两个小镇的“冰雪奇缘”，将会引发中国与法语地区观众的情感共鸣。

崇礼是纪录片的首站，拉开了《奥利弗游中国》序幕。“我要用一个瑞士人的眼睛来看中国。”奥利弗说。

“一带一路”让人着迷

“云山百越路，市井十洲人。”去福建泉州丁氏宗祠的路上，奥利弗·格朗让一行人在曲曲折折的巷道里迷了路。没等他们问路，热心的陈埭镇岸兜村村民就主动给他们指起了路。

“后来才知道，有太多像我这样高鼻深目的‘歪果仁’到这个村子里寻根。”奥利弗哈哈大笑。这段“小插曲”让他对这座自古就以世界文化交流、融合闻名的城市有了更深刻的印象。

泉州是古代海上丝绸之路的起点之一，保存至今的海上丝绸之路文物、史迹俯拾皆是。其中，陈埭丁氏宗祠为元代入泉的阿拉伯人后裔在明代所建，见证了波斯、阿拉伯等地区的穆斯林侨民在此安居、传承的文明交融史。

让奥利弗印象最深的就是它中堂上悬的“百代瞻依”四个大字。

奥利佛·格朗让走进崇礼的滑雪场进行拍摄（五洲传播有限公司供图）

随行翻译告诉他，其中的“瞻”字取自丁氏先祖——“赛典赤·瞻思丁”中的一字，有不忘血缘之意。“瑞典人也十分珍视祖先留下的传统，而且我们来自相似的海洋文化，这让我觉得十分亲切和敬佩。”他说。

在泉州，奥利弗以骑行来一一寻找海上丝绸之路的印记。与他同行的是2015年曾从威尼斯骑行到泉州的当地人刘海翔。

“刘海翔告诉我，泉州不仅仅只活在历史中，它就在我们身边。”奥利弗说，“这提醒我，要更进一步地了解中国，必须了解今天泉州和‘一带一路’的发展。”

“冬遣舶，夏回舶。”在泉州九日山，祈风石刻上的铭文引起了奥利弗的兴趣。当他知道这里曾在北宋时期就有隆重的祈风仪式，他立刻对着镜头用法语解释起来：“这曾是一个超大规模的出海远洋贸易的现场！”

如今，在泉州最大的集装箱码头——石湖港，有些“恐高”的奥利弗爬上高高的塔吊上，数起了如彩色积木般的集装箱、停靠进货的货轮。“那数量让我有些吃惊”，他说，目睹这幅21世纪海上丝绸之路的景象就像“穿越历史”。

在开元寺东西塔前，刘海翔告诉奥利弗，这对中国现存最高的孪偶石塔一直是泉州城的标志，陪伴着泉州人走过“涨海声中万户商”的岁月，也见证着全球化时代互联互通的新景象。

“我认为，‘一带一路’倡议就像这两座高塔一样，历久弥新。”

奥利弗说，“我是真的为海上丝绸之路着迷了。”

《奥利佛游中国》：中国故事的新表达

与其他关于中国的游记类节目相比，《奥利弗游中国》不仅具有明星主持人的高关注度，更有难得的“中国视角”。节目出品方、五洲传播中心副主任井水清说：“我们要讲述的中国故事不是哗众取宠、博人眼球的，它必须有血有肉，有着大胆、幽默的新表达。”节目制作人杨建计划将奥利弗打造成一张行走法语世界的“中国名片”，“它绝不仅是一部游记，而是一部随奥利弗体验中国的记录。”

《奥利弗游中国》由国务院新闻办监制，五洲传播中心出品。第一季推出26集，每两周一集，26个独立成章的故事既有中国历史、风俗、风光的展示，也涵盖了城市、科技、生态、互联网、农业等话题。由于内容涵盖很广，又充满了大量幽默、生动的口语，有网友戏称它为“最佳法语教材”“向法语小伙伴介绍中国必备范本”。

对此，井水清乐见其成，但他认为《奥利弗游中国》绝不只是“最佳法语教材”。“其实，法语地区受众了解中国的内容较少，渠道比较单一，特别是年轻人，并不真正理解当下中国发生的故事。”他说，而这部主要面向移动新媒体端传播的影视产品，可能会让世界8000多万讲法语的人看到“真正的中国”。

在节目中，奥利弗按照东西南北走遍中国。往北，他体验了吉林省查干湖的冬捕；往西，他在新疆喀什麦盖提县参加了一场盛大的麦西来普聚会；往南，他体验了深圳青年科学家林天麟发明的智能机器人；往东，国家级昆曲大师张军带他一睹壮观的昆曲剧院。

熟悉的雷锋保暖帽、标志性的热情语调，奥利弗在拍摄中总是被热情的中国观众认出，这让奥利弗很感动。“对于我这样了解中国很多年的人来说，中国的发展依然令人惊奇。海南在 2000 年左右的时候还是刚刚起步的一个小岛，现在从三亚到海口，还有其他城市，它们的发展是难以置信的。”奥利弗感触颇深，“很多很多我碰到的人都告诉我：我的生活变得更好了，我们正享受着中国的富足。这是这些年发展的成果，这些很容易得到证明。”

就像纪录片片头所说的一样，奥利弗·格朗让真诚地希望能利用自己的影响力，带动更多的人来中国亲眼看一看：“中国日益开放和友善。我希望大家真正了解中国、认识中国。”（在采访中，感谢法语翻译王润弟老师的帮助）

和父亲在北京的日子里，我遇见了改革开放

文 / 卢尔德 · 费尔南德斯 · 埃斯基韦尔

译 / 何塞 · 安东尼奥 · 费尔南德斯

卢尔德 · 费尔南德斯 · 埃斯基韦尔（Lourdes Fernández Esquivel），中文名字露露，一位秘鲁——委内瑞拉双国籍的记者，毕业于斯洛伐克共和国夸美纽斯大学。现担任中国国际电视台西班牙语频道主播，这是她本人长期在中国生活的第三个阶段。在中国不同时期的生活，让她看到了新中国改革开放道路上所取得的进步。图为笔者 2017 年春节在北京西单大悦城拍的照片

这篇文章是为了纪念我已故的父亲，Antonio Fernández Arce，感谢他在20世纪60年代带我来到中国。

今年我们将迎来新中国乃至全世界最重要的发展里程碑之一——中国改革开放40周年。在庆祝改革开放40周年之际，我情不自禁地回忆起早在1985年至1988年我第二次来到中国期间有机会见证了当时改革开放所取得的成就。

在描述我与中国的缘分之前，不得不先介绍我的父亲，已故秘鲁作家、记者安东尼奥·费尔南德斯·阿尔塞（Antonio Fernández Arce）。早在20世纪60年代初，我父亲作为为数不多的秘鲁记者来到了中国，从那时起他便成了致力于建立中国与秘鲁外交关系的奠基者之一。1966年，我父亲带着我母亲和我首次来到北京，直到1971年一直生活在这里。在北京生活的那6年，给我童年带来了很多美好的回忆，那是我在中国生活的第一个阶段。

相比我童年的时候，我的18岁到21岁的阶段有了更丰富的经历。当时我已长大成人，并决定去原东欧社会主义国家念书，而我父亲从1980年开始在新华社国际新闻西班牙语编辑部工作，空间上的近距离让我能够有机会每年到北京来探望父亲。从1985年到

1988 年，我每年来中国都看到经济发展与社会进步的成就。

在开始我的故事之前，不妨先简述我的教育背景。1984 年秋季，我开始在位于原捷克斯洛伐克社会主义共和国的夸美纽斯大学攻读新闻学专业。原捷克斯洛伐克社会主义共和国也就是如今的捷克和斯洛伐克。

在 1985 年的暑假里，我第一次独自一人乘坐火车来到中国。从我居住的城市——布拉迪斯拉发（现斯洛伐克共和国首都）出发，经莫斯科中转，经过近十天的劳累旅行，我终于到了终点站——北京站。这样的旅行在我本科期间总共进行了三次。

正是那三次来到中国的机会，让我见证了当时这个正在复苏的

笔者与父亲 2014 年拍摄于北京

亚洲国家所经历的经济和社会变化。

所见到的变化是中国开始实施改革开放以来所取得的成就。通过调整和改革生产关系和生产力，中国从农村地区率先实行家庭联产承包责任制，让农民自行安排生产活动和剩余产品的销售，随即中国对内、对外分别拉开了改革和开放的大幕，使得城市和重要的经济特区得以成立和快速发展。

1985 年的夏天，我乘火车到达了北京站

在 1985 年 7 月的某个早晨，早上 6 点半我乘坐的火车到达了北京当时仅有的火车站，即北京站。用了长达 8 天多的时间，途中经过多个苏联加盟国，从基辅到中国东北地区，我大部分路程是沿着横贯整个俄罗斯的东西铁路干线，也是当时连接亚洲和欧洲仅有的铁路——西伯利亚大铁路。一路旅行，让我印象最深刻的是，从苏联加盟国与中国各个火车站所看到的人民日常生活的样子呈现了非常大的差别。

一到中国境内，尤其是北京，国外旅游者可以从大街小巷感受到一个新兴的强大经济体正在形成。当我走在北京的繁华街道时，看到北京有了处处可见的私人商铺和小生意经营地，这与我小时候对北京的印象非常不同。

人们可以自由地买卖所需要的物品，当时给我的感觉是北京正在走向市场经济的初级阶段，为中国广大群众经营小本生意提供了非常大的激励。

北京的各商业街，如西单、王府井和前门大街到处是各种各样的小商铺，有趣的叫卖声，一阵高过一阵。在各个狭窄的街道里，需求与供给成了社会的主流趋势，这一趋势间接地促进了市场经济的形成和发展。

北京发生了很大的变化。在我父亲住的友谊宾馆对面，很多的农民摆起了小摊位，向顾客直接销售着自己的产品。在北京其他地区我也看到了类似的地方。我记得当时我喜欢逛的手工冰柜商铺、服装店、新科技商铺都经常挤满了消费者，这有效地提高了普通百姓的生活水平。

除了普通百姓的日常生活不同外，宏观层面也发生了翻天覆地的变化。通过将自主定价权授予企业，以及在 1982 年开始在南方所建立的多个经济特区，当时给中国带来了大量的外资。外资来到中国后，进一步加快了中国改革开放的步伐。

正是因为这些政策的实施，让我在 1985 年后的连续 3 年中，每次来到中国后都可以看到城市和产品日新月异的变化。我注意到我每年来到中国，都能感受到在普通百姓的生活中会出现提高他们生活质量的新商品，因此我感受到改革开放的效果不仅体现在经济上，而且逐渐改善了社会的整体风貌。随着民营服装小商店的日益繁多，出现了多样化的新型服饰来满足整个市场需求，普通百姓能买到质量更好的衣服。众多的变化，足以让我看到以前在农民和小成本生意商人的脸上看不到的灿烂笑容，因为他们可以过上安居乐业的生活了。

1988 年，南下旅行让我看到多元化的中国市场

本科期间最后来到中国是在 1988 年。当年我决定在北京短期停留 3 天后，乘坐火车来到中国南方，计划在今天的中国香港特别行政区逗留几天。其间我所乘坐的火车停留在了广州和深圳，这样我有机会顺便到这两个地方旅游了几天。

一辆蒸汽火车把我从广州带到了深圳。当时的深圳是一个只有 27000 多人口的小渔村，经过 20 多年的发展，深圳成为如今的耀眼的港口和现代的城市，与香港、澳门和珠海地区构成大珠三角经济区，成为中国南方经济发展的主要推动力。

今天的深圳不是 20 多年前的小渔村，处处可见高楼大厦，不仅成为中国科技创新中心之一，而且凭借着其地理上的优势，作为全世界的重要集装箱港口之一，使得深圳所作出的贡献越来越大。

我从 1988 年的深圳感受到了即将会产生天翻地覆的变化，空

气中飘满了百姓的福利改进的幸福感，对将来生活质量的提高充满向往。

当我到了香港后所看到的却变成了另外一种风景。不出我所料，当时的香港是典型的现代城市，是带我们看到西方国家风貌的一个窗口，仿佛维也纳与布拉迪斯拉发的关系。在柏林墙倒下来之前，捷克斯洛伐克的社会比较封闭，当时的人们只能通过维也纳来接触西方国家的新鲜事物，例如潮流的衣服和新型的科技产品。当时香港的很多商铺摆出了新潮服饰，会使人们产生非常强的购买欲望。

但是，1985 年的北京也能买到同样的服饰和电子产品。在北京能买到全世界流行的东西是我小时候在北京没有的购物体验。我在北京的大型商店里面看到了质量好、经济实惠并且具有创新特征的产品。由于众多跨国企业将其生产线移到了中国，因此可以不出国门就买到全球著名品牌的商品，打造了多元化的市场。

在北京买到的电子产品令我印象深刻。我记得当年在回布拉迪斯拉发前，我父亲在北京给我买了一个三洋品牌的音乐播放器。这个播放器有两个喇叭和一个光盘读取器，当我将播放器带到了布拉迪斯拉发后，得到了很多人的关注和喜爱，因为当时这样的电子产品在布拉迪斯拉发市场上还没有出现。

不同的改革，不同的结果

东欧国家并没有出现如同中国改革开放后生活质量提升的情景。当我将苏联和原东欧社会主义国家与中国进行对比时，仿佛是两个不同的世界。计划经济作为苏联和东欧社会主义国家的主要经济政策，给整个社会带来的经济发展远低于当时中国实施改革开放后的巨大发展成就。

当物资贫乏、科技创新落后笼罩着20世纪80年代的苏联和东欧社会主义国家的时候，中国却由于改革开放促进了购买力上升和整体生产力水平的提高。经济特区作为改革的重要试验田，提高了中国整体的科技水平，同时加快了中国工业现代化的步伐。当时中国社会所取得的成就与苏联和东欧社会主义国家的情况呈现了非常大的不同。20世纪80年代的苏联和东欧社会主义国家所采取的计划经济没有提高生产力，阻碍了当地的科技创新能力和经济发展。即使在1998年苏联实施“改革与新思维”（Glasnost & Perestroika）政策后，仍然没有有效地刺激生产力的发展。

苏联在20世纪80年代所实施的改革与中国的改革开放有着非常大的不同。苏联主要从政治层面上来进行改革与开放，一方面让更多的民众参与到国家的政策制定当中，另一方面实行改革政治体制，两个政策目的在于让苏联能够建立“人道和民主的社会主义”。

最后这些政策由于在实施的过程当中受到了内部体系的阻碍，其激进的方式让普通百姓对政策所引起的经济变化猝不及防，导致了一系列的社会矛盾，政策效果与苏联共产党预期的效果很不一样，最终以失败而告终。

在中国能看到的却是另一番景象。一方面，中国共产党实施的改革开放要比苏联早 10 年，在 20 世纪 80 年代开始就产生了实质性的效果；另外，中国的改革开放对中国走向现代化产生了积极的效果，有助于中国成为如今的亚洲强国。以改革开放理论为方法论原则，中国特色社会主义体系向全世界展示了社会主义是能给普通百姓带来幸福并且还能为全世界的发展带来希望的。

1988 年是我在中国第二个阶段的最后一年。这几年我看到了改革开放给中国社会带来的巨大变化。随着市场经济的逐渐完善，相信未来陆续会出现更多的积极效果，我相信改革开放的步伐将永不停止。

拉美一家三代人的“中国梦”

文 / 何塞・安东尼奥・费尔南德斯

何塞・安东尼奥・费尔南德斯（Jose Antonio Fernandez）（本文作者），出生于委内瑞拉巴塞罗那市。从10岁起在北京长期居住，在北京完成了小学、初中、高中，现在北京大学攻读学士学位，专业是国际经济和贸易。对何塞来说，北京是第二故乡，在这里他认识了五湖四海的朋友，他希望将来能继承家庭的使命，增进中拉之间的文化交流

一切都要从出生在秘鲁偏远地区特鲁希略的一个小男孩开始讲起。我的姥爷费尔南德斯出生在一个贫困家庭，从小对阅读和写作充满了兴趣。为了能够为自己赚取生活费，费尔南德斯从小开始出门打工，小时候以卖报纸为生，后来通过在新闻行业里长期工作，展开了他自己从未想过的人生旅程。其影响甚至改变了一家三代人的命运，让我有机会能够获得如今所得到的成就。

报纸将姥爷和中国连接在一起

卖报纸的工作为费尔南德斯打开了接触中国文化的大门。在劳累的工作后，费尔南德斯经常会将没有卖出去的报纸拿出来阅读，这为他理解中国的传统文化和当代现状提供了极大的帮助。在“二战”处于水深火热的状态、世界各国缺乏相互之间的联系时，报纸成为他了解苏联的社会主义，以及中国的红军长征、毛泽东思想、中国的各个朝代历史等的唯一渠道，逐渐建立了他对中国的认识和对中国的热爱之情。

真诚相待是亲密友情的重要基础。通过报纸理解当时的世界为年少的费尔南德斯扩展了视野，通过了解苏联的伟大事迹加深了他对社会主义制度的喜爱；另外，由于美国的资本主义制度给拉美贫困人民带来极大的伤害，费尔南德斯从那时开始热衷于支持社会主义制度的建设，并且一心向往加入到建设社会主义国家的队伍中。费尔南德斯认为秘鲁与中国有许多相似之处，同受外国列强的抢夺，应当加强彼此之间的联系。

在苏联参加关于共产主义的国际性会议时，费尔南德斯实现了自己的“中国梦”。作为秘鲁记者协会的主席，费尔南德斯在当时的大会上代表拉美记者团发言，阐述了社会主义制度建设对人民生

安东尼奥·费尔南德斯·阿尔塞（Antonio Fernandez Arce），已故秘鲁作家、记者。1931 年出生在秘鲁北部的海滨城市特鲁希略。从 20 世纪 60 年代起，费尔南德斯为了向拉美人民展示真实的中国，曾多次远赴中国采访报道

活的重要性。发言完毕后，出席的中国代表团邀请费尔南德斯带领拉美团队到中国考察和采访，于是开启了他近 70 年的中国之旅。

在 20 世纪 60 年代，费尔南德斯多次受邀访问中国，与中国人民结下了深厚的友谊。费尔南德斯密切关注中国的发展与变化，并多次在秘鲁报纸上发表客观报道新中国的文章，向众多秘鲁读者展示了新中国成立以来所获得的成就，成为中国与秘鲁，甚至中国与拉美各国相互认识交流的渠道。1970 年是费尔南德斯人生中重要的一年，这一年他把与周恩来总理会面时所了解的中秘建交原则带给了秘鲁政府，成为两国建交的关键环节，为日后两国人民加深了解奠定了重要的基础，甚至给拉美人民带来与西方媒体眼中不一样的中国形象。

1983 年，费尔南德斯再次回到中国，这次以新华社国际部专家的身份来到中国工作并且长久居住。十几年的工作中，费尔南德斯与新华社国际部西语部门的各位同事一起共事，一直为中国新闻行业的国际化而努力工作，培养出了很多中文、西班牙语翻译和新闻工作者。我想这是费尔南德斯长久以来想要完成的目标。回想起他的人生道路，我深深感受到在当时艰难的国际环境里，能够完成如此伟大的事业，即加强中拉的文化交流，是需要巨大的勇气的，我一直将他作为我的楷模。

母亲四岁，从利马来到中国

我的母亲卢尔德出生在秘鲁的首都利马，四岁的时候随父母首次来到了北京。当父亲受邀到中国采访时，卢尔德有机会在北京西颐小学完成了一、二年级的小学课程。作为国家外国专家局的前子弟学校，西颐小学接收了当时来中国工作的外国专家的子女，培养

卢尔德·费尔南德斯·埃斯基韦尔（Lourdes Fernandez Esquivel），出生于秘鲁利马。她是秘鲁、委内瑞拉的记者，目前在中国国际电视台西班牙语频道担任电视主播。卢尔德想通过这种方式使亚洲各国的立场变得众所周知，从而在全球化的背景下增进当今世界不同文化背景的人民之间的相互了解

了众多来华学习的外国留学生，我本人也曾在此学习。

言归正传，卢尔德在北京所认识的人与经历过的事，让她对社会主义国家非常向往，并且决定将来要在社会主义国家学习和工作。奔着自己的人生目标，卢尔德在原社会主义国家捷克斯洛伐克完成了自己的新闻专业学习，本科期间多次来到中国探望父亲，亲眼目睹了中国在改革开放以来所取得的成就。毕业后，卢尔德决定回到拉美国家工作，先后在秘鲁和委内瑞拉众多的媒体机构和政府部门工作，积累了很多的新闻工作经验，对拉美的新闻行业形成了非常独特的见解。

婚后，卢尔德在委内瑞拉的国家级新闻机构和政府部门从事新闻工作。在委内瑞拉工作的时候，卢尔德曾经开了一家公司，主要为委内瑞拉读者提供质量更好、更多元化的新闻服务。

21 世纪初，卢尔德受邀参加中国中央电视台（现中央广播电视总台）西班牙语频道的建设工作。基于小时候对中国的认识和喜爱，卢尔德满怀欣喜地接受了此工作，因为这是对她工作能力的认可。在频道开播初期，卢尔德成了西班牙语频道的文化节目主播。从刚开始工作时的懵懂，逐渐成为如今中国国际电视台西班牙语频道的新闻主播，其间是她人生中最大的挑战，她逐渐了解了如何通过电视给观众带来更好的新闻报道。卢尔德认为，她的使命是从新闻角度来增加中拉之间的文化交流，客观地向拉美电视观众报道中国的新闻，与电视台同事一起创造世界一流的新闻服务，以及培养电视台翻译和新闻工作的接班人。

我的传承：从委内瑞拉到友谊宾馆

说到一家三代，就不能错过第三代的故事。我是拉美家庭与中国深厚渊源的继承人和中拉文化的第三代传播者，我与中国的情结更加深厚，故事精彩程度不逊前几辈的故事。我的母亲卢尔德常跟我说，我是家族的第三代继承者，应继续为增进中拉交流而努力，而我一直也是从事相关的工作。

2004 年的初夏，我首次来到了北京国际机场二号航站楼，那时一切陌生的事物如今变得再熟悉不过了。当我离开委内瑞拉的时候，母亲对我们说要去一个非常遥远且神秘的国家。可能对她来说并不陌生，但是对我来说，对中国的了解仅限于成龙的电影，不过基于对功夫的喜爱，我听到要去中国的时候感到非常兴奋。出了二号航站楼，乘坐着北京当时流行的夏利出租汽车来到了大部分外国专家所居住的地方——友谊宾馆的雅园公寓。

雅园公寓见证了我们一家三代人刚来中国的时刻。我的姥爷费尔南德斯初次来到中国，就住进了雅园公寓；我母亲小时候居住的地方也是雅园公寓；而迎接我到来的仍是雅园公寓，我就在那儿开启了在北京的长期生活。

我与我母亲上了同一所小学，西颐小学。在老师的帮助下，我学会了汉语，完成了小学课程，并且学会了唱京剧，还参加过京剧团队的市级比赛。在此，我想感谢西颐小学的各位老师，让我从一点汉语都不会讲到汉语达到母语的水平。小学期间我打下了汉语基础，让我能够完成日后的学业深造。

日久生情，我对北京的认识越来越深，感情越来越强。我在北京完成了小学和高中的学业，即将要完成大学本科学习。在北京我不仅结交了中国朋友，随着中国越来越国际化，我在北京还认识了来自不同国家、五湖四海的朋友。如初恋的感觉一样，北京很照顾我，给了我很多的发展机会，为我将来服务社会提供了极大的帮助。

不忘初心，牢记使命。从我姥爷开始，我家人一直致力于增进中拉文化交流。我在北大加入的学生会组织，让我有机会学会团队合作，教会了我如何将更多的拉美文化展现在同学面前，以及让我有机会锻炼个人领导能力。我所参加的学生社团——北京大学拉美学生会，帮助我继续家族长期以来的使命。在学校里通过组织文化交流活动，如邀请校外的拉美老师到北大教学生跳舞，另外还有组织涉及拉美的外事活动，向更多的学生提供零距离认识拉美文化的机会。

总结我们一家三代与中国的渊源，有两点很重要。第一，对中国文化的喜爱；第二，中拉文化交流的使命。在中国越来越国际化的今天，相信有越来越多的外国家庭将在中国的历史发展中留下一代代关于友谊的故事。作为其中的一个拉美家庭，我们通过发挥着每一代人的作用来服务社会、回报中国给予我们的机会。我希望世界各国人民都能成为一家人，我会继续贡献出自己的力量。

播报中国　传递中国声音

——访 2018 年度中国政府友谊奖获得者、中央广播电视总台 CGTN 西语频道主持人卢尔德

文 / 杰西卡

卢尔德（Lourdes Fernández Esquivel），1966 年生，秘鲁、委内瑞拉双重国籍，现任中央广播电视总台 CGTN 西语频道主持人。

2018年9月30日，卢尔德在人民大会堂被授予2018年度中国政府友谊奖，中共中央政治局委员、国务院副总理刘鹤为她颁奖。中国政府友谊奖是由国务院授权国家外国专家局于1991年正式设立，每年评选产生50名获奖者，是为表彰在中国现代化建设中作出突出贡献的外国专家而设立的最高荣誉奖项。

卢尔德出生于秘鲁首都利马，曾在捷克斯洛伐克社会主义共和国的夸美纽斯大学攻读新闻学专业，后于布拉格圣卡洛斯大学获得哲学博士学位。2004年，卢尔德受邀加盟中国中央电视台（现中央广播电视总台）西班牙语频道，先后担任多档新闻栏目的主持人和写稿专家，是西语频道最资深的外籍播音员之一。在担任新闻播音员的14年里，卢尔德在传播中国文化、传递中国声音、增进中拉之间的文化交流与合作等方面作出了卓越的贡献。

采访卢尔德，是在一个阳光明媚的午后。见到她的第一眼，仿佛遇见了一米阳光，灿烂而明媚。卢尔德像欢迎老朋友一样在家里为我们准备了下午茶、咖啡和点心。我们边吃边聊，气氛轻松而愉快。我们的访谈其实是一个故事会，卢尔德给我们讲述了一个又一个关于友谊、梦想、合作的故事，温暖而清澈。

源于父亲

卢尔德与中国的友谊，源于她的父亲——已故秘鲁作家、记者安东尼奥·费尔南德斯·阿尔塞（Antonio Fernández Arce）。2016年11月，习近平主席在秘鲁国会的演讲中提到了卢尔德的父亲，称他为中国人民的秘鲁朋友。安东尼奥1931年出生于秘鲁北部的海滨城市特鲁希略。从20世纪60年代起，安东尼奥多次受邀访问中国，多次在秘鲁报纸上发表客观报道新中国的文章，并出版了2部关于中国的著作，向秘鲁和拉美地区的读者展示了一个真实的、不同于西方媒体所报道的中国。1970年，安东尼奥率记者代表团访问中国，受到了毛主席、周总理的亲切接见，在中国与秘鲁建交的过程中扮演了重要而特殊的角色。安东尼奥先生在中国工作生活了45年，与中国人民结下了深厚的友谊，一直为中国新闻行业的国际化而努力工作，是中拉文化交流的友好使者，是我国西语外宣事业中功勋卓著的老专家。

谈起父亲，卢尔德总有着最深的情愫，她说："父亲意志力顽强，教会了我很多，尽管父亲已经去世了，但是，我感觉他一直都在。"在采访中，卢尔德的一件红色披肩是个很重要的"道具"，因为这是父亲送给她的礼物。卢尔德讲，父亲是穷孩子出身，年少时白天卖报纸，晚上卖咸鱼。但是，他酷爱阅读、写作，报纸成了他认识中国的重要渠道。从报纸上，他了解到了中国红军的二万五千里长征、社会主义、毛泽东思想和中国源远流长的历史与文化。后来，父亲17岁时在市级作文大赛中获奖，从此进入了新闻行业。而后，他又读了大学，大学期间就在报社兼职，大学毕业后便进入一家全国性的报社工作。

卢尔德向我们展示了她父亲1970年访华时登临长城的照片。她说父亲来到中国，是因为喜欢长城，也是因为父亲的出生地有一段名字叫Chanchan（印加语）的城墙，读起来与汉语“长城”（Changcheng）二字的发音相似。卢尔德说，这就是中国人讲的冥冥之中的“缘分”吧。

卢尔德也回忆了父亲见到毛主席和周总理的细节。她说最让人印象深刻的是毛主席跟父亲聊到了印加帝国的执政理念，毛主席的博学、思辨让人叹服。而在父亲眼中，周总理是那么有才华、有能力，同时又俭朴而友善。

新闻是安东尼奥先生坚持了一辈子的、倾注了其毕生心血的事业。20世纪60年代，卢尔德出生的时候，父亲已经在中国工作，在国家新闻媒体机构承担新闻播报、翻译和审校工作。1966年，“文革”开始，大批的外国专家纷纷离华，但是，父亲坚持留了下来，并承担了更多的工作，培养了诸多中文、西班牙语翻译和新闻工作者。卢尔德1岁时便随父母来到了中国，而她的妹妹是当时在中国出生的第一个秘鲁女孩。卢尔德在北京友谊宾馆度过了快乐的童年时光，她回忆起一家人在天安门散步的场景，她说这里的人们都很善良。当年妹妹生病的时候，就住在北京儿童医院，周总理特别安排医院给予了特殊照顾，部队战士纷纷给妹妹输血，后来，妹妹才得以痊愈。这件事，让卢尔德一家人都很感动。

卢尔德说，父亲生前一直很关注中国和秘鲁之间经贸领域的合作与交流。在父亲担任驻华使馆商务参赞期间，秘鲁派出了第一个外交使团来华访问，也实现了第一次向中国的饲料出口，中国也完成了对秘鲁的经济援助。

讲到关于父亲的一些往事，卢尔德几度哽咽。她说父亲是她人生的一座灯塔，给予了她很多积极的影响和正能量。和父亲在一起，他们经常一起读书、讨论、辩论，父亲对于政治、经济、社会、文化、人民等方面都有着独特而深刻的认识，特别是对于中国的理解也非同一般的深刻、全面而且正面，她说父亲是真正懂中国的秘鲁人。而这些对于她人生、事业的选择都有着重要影响。

播报中国

毫无疑问，卢尔德对于中国的友好和情谊是受了父亲的影响，但是，扎根中国、投身于中国新闻事业的国际化发展、用西班牙语向世界报道中国，却是她听从内心而作出的选择。大学毕业后，卢尔德先后在秘鲁和委内瑞拉多家媒体机构和政府部门工作，积累了丰富的新闻工作经验，对拉美地区新闻行业的发展有着非常独特的见解。在委内瑞拉工作期间，卢尔德创办了一家公司，主要为委内瑞拉读者提供质量更好、更多元化的新闻服务。因此，对于在中国中央电视台西班牙语频道（现中央广播电视总台 CGTN 西班牙语频道）的工作，卢尔德做得游刃有余。她的播音风格非常具有亲和力，充满热情，深受观众的喜爱。在谈到新闻播报的原则和技巧的时候，卢尔德说新闻播音员应该做到这两点：第一，感受它；第二，相信它。新闻播音员的工作就是把信息以受众能够了解的方式去表达。卢尔德认为她的使命是传承父亲的精神，通过新闻播报增进中拉之间的文化交流，客观地向拉美地区的人们报道真实的中国，与同事一起提供世界一流的新闻服务，培养一批又一批语言翻译工作和新闻工作的接班人。

谈到中拉友谊、交流与合作，卢尔德认为有些拉美国家对于中国并不了解，他们需要多了解中国的发展，而改善中拉关系更多的工作在民众中。因此，除了保持政府间的密切关系，还应该更多地加强各国的民间交流。对于拉美国家而言，中国是一个重要的市场，卢尔德希望通过加强中委关系帮助委内瑞拉恢复发展活力。她认为，中拉在信息交流方面可以做得更多。

卢尔德定居中国已有十余年，在中国的每一天，她都很幸福，从来没有感到所谓的文化冲击，北京是她的第二故乡。她对于北京的适应、习惯和依恋，跟土生土长的北京人并无差别。她很喜欢自己北京的家，因为，在小区里，大家都认识她，她喜欢这种亲切、和睦的感觉。卢尔德非常赞赏中国改革开放 40 年以来取得的伟大成就，作为国际友人，她也对此表示雀跃、激动和骄傲，因为对于中国的友谊和热爱早已融入了她的血液之中。

三代中华情

卢尔德的儿子一直跟着她在中国学习、生活。采访中，我们见到了阳光、帅气的何塞·安东尼奥·费尔南德斯（Jose Antonio Fernández），他是拉美家庭与中国友谊的继承人和中拉文化的第三代传播者。何塞的中文已经达到了母语水平，而且，能唱京剧。一家三代人的北京故事都是从友谊宾馆的雅园公寓——大部分外国专家所居住的地方——开始的。他们一家三代人与中国的渊源，主要基于他们对于中国文化的热爱和所肩负的中拉文化交流的使命。在谈到荣获 2018 年度中国政府友谊奖的时候，卢尔德说，她感到很惊喜，因为她一直以为儿子一代才能有机会获此殊荣。

卢尔德说，父亲已经开辟了一条中拉友谊之路，她和她的孩子们也要继续坚定地走在这条路上，继续中拉文化交流的使命，继续友谊、交流与合作的故事，让友谊地久天长。在中国越来越国际化的今天，相信有越来越多的外国家庭将在中国的历史发展中留下一代代关于友谊的故事。

她让荷兰人知道中国文学有多丰富

文 / 张晓

热爱翻译中国文学作品的荷兰翻译家施露

施露（Annelous Stiggelbout）是一位热爱翻译中国文学作品的荷兰翻译家，她已经翻译过刘震云、三毛、徐则臣、岳韬、韩寒、盛可以等人的多部作品，献给她祖国的读者们。

2018 年，施露来北京参加了 2018 年中外文学出版翻译合作研修班，与余华、盛可以、阿乙等中国作家对话，聊文学，聊创作，聊文学翻译。我们的采访约在了她回国前一天，就在三里屯一家书店旁边的咖啡馆。她说正好抓紧时间在北京逛书店，要买好多书准备带回国。

施露对语言和文学有着天然的热爱。“我中学时期就读过一些关于中国的书。第一本是张戎（Jung Chang）的《野天鹅：三代中国女人的故事》，她是一位知名的英籍华裔女作家，这本书在荷兰很畅销。还有一些与中国历史有关的非虚构作品、中国文言文短篇小说集等。”这些书引发了施露对中文的兴趣。

2000 年，施露进入莱顿大学汉学系，开始学习中文。

莱顿大学有着几百年的悠久历史，享有极高的国际声誉，莱顿大学汉学系更是荷兰汉学研究的重镇，甚至是欧洲汉学研究的一个中心。“林恪（Mark Leenhouts）主要研究中国文学，他翻译过鲁迅、王安忆、沈从文、钱锺书、苏童等人的一些作品。柯雷（Maghielvan Crevel）教授主要关注中国当代诗歌。”林恪对韩少功和国内 20 世纪 80 年代中期兴起的寻根文学也多有研究。

“我在莱顿大学的时候学的是繁体字，学校的想法是学会了繁体字认识简体字不难，但如果只学简体字，认繁体字就很困难了。最初我们一个班有35个人，一年之后只剩下25个人。”施露随即说，现在莱顿大学汉学系的规模比2000年的时候大多了。

2002年，施露有机会来北京语言大学学习中文。“因为一个交流项目，我们13个同学一起来到北京，北京语言大学专门为我们开办了一个荷兰班，当然，我们学习的是简体字。可惜，2003年因为‘非典’，我们提前回国了。”2004年，施露又去台湾师范大学学习了一年中文。“当时我第一次完整地看完了一本中文小说，是张系国的《棋王》，繁体字版的。”2006年，她在莱顿大学汉学系获得硕士学位。

开启翻译之路

施露参与翻译的第一本作品是棉棉的小说《熊猫》。“我只是翻译这本书的一章而已，不是整本书。”

“2006年，《文火》杂志请我翻译这本小说的一部分，是编辑选好后推荐给我的。我最开始的翻译作品都发表在这本杂志上，后来我还做过《文火》的编辑。《文火》是比利时、荷兰的几位中国文学的翻译者一起创办的，专门刊载中国文学的荷文刊物，可惜后来停刊了。”

施露还翻译了毕飞宇的《蛐蛐蛐蛐》、徐则臣的《跑步穿过中关村》等。“这些都是莱顿大学孔子学院的项目，他们每年都组织中国优秀作品的翻译。不是每一所孔子学院都有这样支持翻译的项目，但莱顿大学孔子学院一直坚持，真是太好了。”她坦言，“徐则臣的作品读起来很快，但翻译起来发现很困难，我翻译得很慢，要努力地推敲文字，尽量贴近作者的语言风格。”

施露说：“有不少作家都表示过自己的作品不好翻译，似乎韩寒也这么说过，但其实很少有完全翻译不了的作品，比如把韩寒的冷笑话变成荷兰语的冷笑话就好了。翻译的难点在于把句子写好，用自己的语言再创造出来，这才是真正的难点。你可能丢失了一些，但也有创作出来的，所以余华说的‘好的作者和好的翻译打成了平手’非常好。2018 年中外文学出版翻译合作研修班期间，余华还特意以自己作品的外译举了一个小例子：在翻译意大利版本时，有一句‘宁要社会主义的草，不要资本主义的苗’最后翻译为‘不要资本主义的花’，因为中文里草和苗天差地别，而在意大利语里草和苗没有如此大的差别。”

好运气的 2017 年

2017 年 3 月，“刘震云文学电影欧洲行”活动在荷兰莱顿和阿姆斯特丹举办，正是施露促成了刘震云此次荷兰之行。

“刘震云的书，我看得比较多，比如《一句顶一万句》还有最新的《吃瓜时代的儿女们》，但只翻译了一本，是和郭玫媞（Mathilda Banfield）一同翻译的《我不是潘金莲》。促成这次活动，真的是运气很好，我的朋友当时正安排刘震云欧洲行的事宜，我和郭玫媞就提出请刘震云顺道来荷兰。在荷兰，哥舒玺思老师和林恪老师访问他，我做翻译。听刘震云说话就像看他的作品一样有趣，很绕、很多重复和不动声色的幽默。”活动期间，还放映了两部根据他的小说改编的电影。

施露提到，刘震云在中国已经是非常有名的作家，但在荷兰，知道他的人还不多。“可能是因为刘震云的作品比较晚才被翻译为英文，我们比较早就知道了余华、莫言、苏童，知道刘震云比较晚。”

“2017 年 9 月，余华老师也来到荷兰，也是林恪老师与余华老师对话，我担任翻译，聊了《活着》《许三观卖血记》《兄弟》和《第七天》等作品。”

施露一直说，2017 年实在是太幸运了，几位知名作家都有机会来荷兰。“对荷兰读者来说，中国非常遥远，能接触到的中国作家也不多，所以，包括哥舒玺思老师、林恪老师和我在内的中国文学翻译者都希望能多做一些类似的活动，让荷兰的读者知道中国文学是多么有意思，值得多去读一些中国文学方面的书。”

中国文学太丰富了

“我翻译的大部分作品都是别人帮我选的，现在我也逐渐自己选择并向大家推荐了。这次参加研修班，我最主要的想法，是请大家多推荐值得阅读的重要作家，特别是更靠近当下的年轻作家。在荷兰，我很难看清楚哪些中国作家更重要，也很难知道年轻作家的名字。大家推荐了非常多，然后我就去书店买了很多书回来。”

如何推荐作品？施露的答案是推荐自己喜欢的。但有时也会很纠结。“很多人都说不要一直看莫言、余华，也要多看看新一代作家的作品，比如笛安、乔叶，可是莫言、余华、苏童的经典作品确实好啊，所以关键还是要自己喜欢。已经有朋友跟我推荐陈忠实的《白鹿原》，说这是当代中国最好的小说，还有一个朋友特别推荐路遥的《平凡的世界》。”

文学经典《红楼梦》也是施露的大爱，“很多中国教授都推荐读《红楼梦》，大家普遍反映看起来太难。我自己读的是英文版，特别好看，宝哥哥、林妹妹的爱情故事真是令人感动。但中文版对我来说还是太难了。”施露介绍说，林恪、马苏菲（Silvia Marijnssen）和哥舒玺思正在合作，把《红楼梦》翻译成荷兰语。

施露也已经试着向出版社推荐书。“阿乙的《鸟，我看见了》，我特别喜欢。每次碰到一个荷兰的出版社，我都推荐，可是到现在还没有人接受。我也推荐过科幻作家刘慈欣的作品，他的《三体》得‘雨果奖’的时候我在中国，得奖第二天正好碰到了刘慈欣的经纪人。回荷兰之后，我给出版社打电话说推荐这部作品，也没成功。不是荷兰人不喜欢看科幻类的书，而是书店里有很多英文版的科幻作品，出版社可能觉得我们不需要一个中文科幻作品的荷兰文版本，我想这是问题的关键所在。美国华裔作家刘宇昆的作品也非常值得推荐，他就是刘慈欣《三体》的英文译者。”

“很多作家的作品被翻译成荷兰文之后，并不一定卖得很好，但有几个例外，比如说日本的村上春树，他的书在荷兰卖得很不错。出版社也一直在找中国的‘村上春树’”。

下一步，施露想在翻译之外，多写一些评介中国文学的文字。“徐则臣的小说集，我写了‘译后记’；三毛的《撒哈拉的故事》，出版的时候我写了一个序。我希望借助这种方式，慢慢地介绍中国文学方面的知识，让大家知道中国文学有多丰富。”

安乐哲：让中国哲学讲中国话

文 / 左娜

夏威夷大学哲学系教授、国际儒学联合会副主席安乐哲教授致力于向西方推广中国哲学，他翻译了《论语》《老子》《中庸》《孙子兵法》等大批中国经典

“诗歌少年”遇上中国哲学

曾经的加拿大“诗歌少年”RogerT.Ames或许没有想到，数十年后自己会成为醉心东方儒家哲学的谦谦君子——安乐哲。

安乐哲（RogerT.Ames）1947年出生于加拿大多伦多，父亲是一位侦探小说家。儿时，安乐哲家里的电视很少开，一到晚上，全家人都在灯光下读书。

青少年时期的安乐哲沉迷诗歌。高中毕业后，他“叛逆”地拒绝了加拿大不列颠哥伦比亚大学的奖学金，选择了美国南加州以人文教育著名的雷德兰斯大学，只因为那里常邀请像艾伦·金斯堡这样的名诗人来讲学。

一年后一个偶然的机会，安乐哲获得了学校的交换生名额，被派往香港新亚书院学习一年。1966年一个夏日傍晚，这个18岁的加拿大少年孤身来到“充斥着光怪陆离的标志、色彩和味道”的香港。“到中国的第一个夜晚，当我从不起眼的内森路旅馆向窗外眺望时，我清楚地意识到自己的人生开始了一个无法逆转的转折。”

早在雷德兰斯的西方哲学课堂上，安乐哲就被西方先哲们所感染，开始了回应苏格拉底“认识你自己”的哲学征程。而在香港的那个夏季，安乐哲又在唐君毅、牟宗三、劳思光等大家课程的引导下开始接触东方儒家哲学，他很快沉醉于“修身”“弘道”“平天下”

的中国哲学思想艺术。

“如果说我从课堂和书本中学到的是中国哲学的皮毛，那么周围的中国人让我学到的要多得多。”安乐哲犹记得，那时香港物质条件贫乏，很多人住在棚屋区，饭里夹着石子，菜汤清可见底。1967年香港发生排外动乱，外国人处境危险，同学就把他接到自己家里避难。正是这种亲密而真挚的人情关系让安乐哲看到了中国传统智慧的生命力，也引导他走上了中国哲学之路。

十三年才拿到的博士学位

完成了香港的学习后，1967年夏天，安乐哲怀揣着投身中国哲学研究的学术梦想踏上了回国的客轮。

如今回忆起来，安乐哲感慨这条路甚是曲折：“从踏进雷德兰斯算起，到完成博士学位，我辗转了美国、加拿大、中国台湾、日本、英国的多所高校，而且整整花了13年的时间！”

从香港回来以后，安乐哲选择了不列颠哥伦比亚大学继续学业。然而当时大学校园里的哲学学科由西方哲学占主导，根本找不到专门教授中国哲学的地方。为了继续研究中国哲学，安乐哲不得不同时完成中文和哲学两个本科学位。本科毕业后，安乐哲申请了台湾大学的奖学金，赴台大读了两年的中国哲学，师从被誉为“东方诗哲”

的著名哲学家方东美教授。

在台期间，安乐哲的中文水平突飞猛进。但他同时也注意到，全世界的哲学学科都沾染了“西方中心论”的色彩：“在高等教育领域仍旧是西方哲学或者欧洲哲学一统天下。从台北、北京到加拿大、美国，西方哲学的领导地位都被视作理所当然。土生土长的亚洲哲学和美国哲学不但在国外被忽视，即使在本国文化中也被边缘化。正如美国哲学家威廉·詹姆士所言，对美国人来说，聆听欧洲人的训导似乎已习以为常。”

1972年，安乐哲从台湾回到不列颠哥伦比亚大学，在亚洲研究系，而不是哲学系完成了研究生学业。此后他又拿着日本文部省的奖学金在日本的亚洲研究所学了两年中国哲学，而后转到英国伦敦大学攻读博士学位，师从西方最受尊崇的中国哲学翻译大师刘殿爵教授。

几年后，在伦敦一个下雨的午后，即将毕业的安乐哲照例与导师刘殿爵教授喝下午茶，当刘教授突然问道他是否有兴趣去夏威夷大学任教，他下意识地拒绝了。直到有一天，安乐哲和夫人在书店无意中看到一张印着夏威夷碧海蓝天美景的明信片，他突然醒悟：“为什么不呢？”

现在安乐哲庆幸地回忆到，还好当年他找到刘教授，重新告诉他自己愿意接受夏威夷大学的教职：“夏威夷大学哲学系在西方独树一帜，因为它是唯一授予中国哲学博士学位的哲学系，而不是像哈佛、剑桥等高校把这门学科放在东亚系、宗教系等。上世纪 30 年代，第一任系主任陈荣捷先生在建系时就表示，夏威夷是一个特别的地方，不同的民族汇集在这里，所以在夏威夷的哲学不应该只有欧美的，而要有全世界的哲学思想，要表达全人类对智慧的追求。”

背叛读者两次的翻译

到夏威夷大学后不久，安乐哲遇上了未来合作长达 20 多年的“学术 CP”——郝大维（DavidL.Hall）。郝大维比安乐哲大 10 岁，是耶鲁和芝加哥大学训练出来的西方哲学家，主攻过程哲学，也关

孔子本着“述而不作”的原则，对核心概念不做明确的解释

注与过程哲学共通的中国哲学。这位一个汉字都不认识的西方哲学家与汉学背景的安乐哲一见如故，两人开始合作诠释孔子思想：“我们合作了《孔子哲学思微》《通过孔子而思》等6部学术专著。我们把这种诠释叫作‘哲学性翻译’，力图将汉学技巧和哲学方法融会贯通。”

其实从早期近代的西方传教士算起，汉学家、中西方学者译介的《论语》已有40余个风格各异的英译本，研究著作更是汗牛充栋。为何安乐哲和郝大维还要重译经典?

“我们的合作源于一个共识，西方学术界对中国哲学的了解方式存在着致命的缺陷。”安乐哲强调自己不是在学了西方哲学之后再去了解中国哲学，那样的话，难免像其他西方人一样，在探讨中国哲学时套用西方哲学的思维框架。“我一开始就是同时学习中国哲学和西方哲学的，所以不会把西方的‘架子’套在中国哲学传统上。”

翻开早期的《论语》译本，基督式的训导和“西方中心论”的痕迹俯拾皆是，儒家思想被传教士们穿上了基督教的外衣。即使在现在通行的译本中，西方译者一般也是将脑海中最先出现的、最符合西方语言习惯的词汇视为最贴切的翻译，并且使用大量西方哲学界耳熟能详的术语。

“这样的翻译会让西方读者觉得中国文化似曾相识，”安乐哲指出，“西方人把另一种哲学传统误读为自己的传统时，其实也就是用西方的标准在审视异域文化。”

比如，《论语》中的“命”通常译为Fate，在西方Fate指的是一种人类无法反抗的“绝对力量”，而中国的“命”更多指的是天和人之间相互作用的关系。“孝”则被译为Filial Piety，Piety其实表示对上帝的绝对顺从，而中国的“孝”是一种家庭伦理观，表现为对父母的“诤谏”，而非绝对服从。“义”被译为Rightousness，这个词本身就是《圣经》用语，意思是按照上帝的意志行动，而在中国根本没有这样的概念。

在安乐哲看来，对中国哲学思想的误译、误读的根本在于两种文化思维方式的本质不同：“西方哲学追求‘确定性’，力图把握一切事物的本源和绝对真理。而中国哲学探索‘道路’，把一切放在发展变化的关系中思考，关注过程和特殊性，不执着于终极真理。如《论语·为政》中有言，‘视其所以，观其所由，察其所安。人焉叟哉？’孔子观察一个人，是先看他现在的行为，然后考虑他的动机，最后观察他所安的心境。孔子不下结论、给定义，而是在变化的过程中，在具体的个案中识别人的本性，这与西方人孜孜追求绝对真理截然不同。”

安乐哲还把译者们依赖的参考源——汉英词典也打入了“不信任名单”：“读我们的词典简直就是‘一大灾难’！现行的汉英词

典蕴涵着一种与它们要翻译的文化格格不入的价值观。词典本身就渲染了严重文化偏见的油彩。词典中对于不少中国哲学词汇译法欠妥，却长期被奉为规范。”

例如在汉英字典中，汉字“天”的词条译文中出现了 Heaven, Providence, God, Nature（天堂、天意、上帝、自然）。“这些英文是用在上帝这个全知全能的神身上的专有名词，而儒家思想中根本没有这样无所不能、创世性的神。《论语》中说‘四时行焉，百物生焉，天何言哉？’，‘天’是生生不息的自然万物的总和、根源，没有西方式超越性的神的意味。”

译者们使用标准英汉词典，假定“字面”翻译是准确的工作方式被安乐哲视为是“危险的”，因为不警觉的译者们会把汉语移植到一片水土完全不同的哲学土壤中，结果必然是水土不服。“可见这种译文不是背叛了读者一次，而是两次。”

“让中国哲学讲中国话”

“西方人对中国哲学的态度很矛盾，一方面对中国哲学很感兴趣；另一方面又不愿将其视为一种严肃的哲学。”安乐哲将中国哲学在西方的长期“失语”归结为“背叛读者两次的翻译”让儒家经典如同译者的木偶，一直在说着不属于自己的语言。“要让西方人搞懂孔子‘用他自己的话说了些什么’，就要更准确地翻译中国哲学词汇，让中国哲学讲中国话！”

安乐哲始终记得，在恩师刘殿爵教授的第一节课上，他就被问道：“《淮南子》你读过几遍？”那些蹲在导师汗牛充栋的书房中钻研《淮南子》的日子让安乐哲明白，脱离哲学原始文献的学术是浮泛的。要想让中国哲学讲中国话，首先是要将原文在中国文化传统的语境下嚼碎、吃透。

“当我们重新翻译哲学经典时，我们建立了一套策略，”在埋首十几年系统地专研、阐释儒家典籍后，安乐哲和合作伙伴、著名汉学家罗斯文才开始动笔重译《论语》原文，以确保尽可能消除原有译本中的误读，“首先是阐释性的介绍，然后是不断演进的关键哲学术语词汇表、校对过的中文原文、以及更加贴合原意的译文。”

在《论语》中，翻译“仁、义、道、敬、庄”等哲学术语是一大难点。一来核心术语频频出现，二来“一词多义”，相同的术语在不同的上下文中含义不尽相同。孔圣人本就坚持“述而不作”的原则，对这些概念不做具体、明确的解释，就算用中文解释都颇有难度。

“所以我采用了‘异化’策略，即不把原文译成西方人熟知、易懂的语言，而是‘原汁原味’地保留汉语的特点，让读者产生陌生感。”安氏译文中重要术语会以英译、拼音、汉字的“三重翻译”

的形式出现，例如“filial（xiao 孝）、deferential（ti 悌）、trust（xin 信）”。对于没有合适译法的概念，比如“天”，安乐哲大胆地放弃了原本带有基督教色彩的英译“Heaven”，保留汉字的拼音“tian”。

“汉字的音和型会让西方读者产生强烈的陌生感，这就像是一种信号，提醒他们不要跨入自己的习惯思维，而是要尊重中国哲学的特殊性，揣摩眼前新的思维模式。”

正如维特根斯坦的名言：“语言之界限即世界之界限”，安乐哲认为要更深刻地理解中国哲学传统，让西方读者接受陌生的汉语形式是必要的：“只有当西方像对古希腊哲学术语 nous（灵魂）、logos（逻各斯）一样，充分尊重、思考、理解中国哲学中的‘仁’‘义’‘信’，我们才能说西方人开始运用中国哲学术语来理解中国哲学传统了。”

在“异化”的基础上，安乐哲还根据对中国思想文化的理解，对儒家核心词汇做出了哲学化的新译。“仁”本被译成基督教中追求至善至美的词 The Virtue，而安乐哲则译为 Authoritative（礼貌、权威）Person，以贴合“成仁必须先事礼”之意；“君子”从“Superior Man”(身居高位的人)或“Gentleman”(绅士)变成了“Exemplary Person”(表率的人)，“心”不是传统的静态的“Heartand Mind”，而是动态的“Thinking and Feeling”……

尽管安乐哲也知道，翻译也许不能尽善尽美，但仍可“虽不能至，心向往之”。重要的是，只有当西方人对“西方中心论”有了自知和自省，他们才会正视和尊重中国哲学的独特性。安乐哲在翻译中清醒地尝试破除原有的误读误译，为西方人重新审视中国哲学提供了一个新的机会。

如今，安乐哲的中国学生还把他的著作由英文又翻回了中文，安乐哲笑言这个举动很有意义：“‘不识庐山真面目，只缘身在此山中’，通过不同角度去重审传统才会让中国古老的智慧重获新生。就像我在北大的同事所说，我的贡献在于，一个外国人来到中国告诉中国的年轻人，‘你们应该重新看待你们的传统！’”

一封写给老北京的忧伤情书

文 / 张晓

“我搬到大栅栏的那天，‘老寡妇’用她那双棕色的眼睛盯着我，一字一句地宣布了四合院唯一的规矩：‘公是公，私是私，公私分明！’然而，一旦我跨进院子的门槛，融入到胡同里，生活就不存在什么隐私了。”

这是作者迈克尔·麦尔（Michael Meyer）在《再会，老北京》中第一章的内容。这本书的英文版荣获了《华尔街日报》年度最佳亚洲图书，2013 年中文版由上海译文出版社出版。

2005 年 8 月，迈克尔搬进杨梅竹斜街（一条连接大栅栏和琉璃厂东街的老胡同）的大杂院，并在炭儿胡同小学担任志愿者。没有足够隐私空间的大杂院生活并没有让迈克尔却步，相反，他与大杂院的街坊们、学校的同事、片区的民警都成了朋友，不管是被大家叫作“老外”还是“梅老师”（迈克尔中文名为梅英东），也不管冬天里没暖气，还有每天早晨院子里各种嘈杂声，迈克尔真正融入了大杂院的生活，在胡同持续生活了将近 3 年。

这本厚达 400 页的著作，记录的仅仅是奥运前的 3 年、北京一条胡同杨梅竹斜街所发生的事。迈克尔以一个旁观者的身份记录了大栅栏几个胡同的拆迁，和身边的几个朋友在拆迁洪流之下的生活和命运，所以，“我们看见有血有肉的善良邻居‘老寡妇’和‘老兵刘’、修手机的老韩，看到他知足顺命的同事朱小姐还有炭儿胡同小学的学生们，他们每个人都有自己的故事线在北京的宏大叙事背后起承转合着，没有他们就没有北京——这是作者没有明说但是用写作结构就证明了的，无论北京怎么变，这些人才是北京的血脉

冬天，迈克尔经常和球友在紫禁城护城河上的冰场打冰球

所在。”香港作家廖伟棠这样评价。

走进胡同生活

初入大杂院，迈克尔就写到了诸如上厕所、洗澡的难题，经过多次实践后他找出了一个从家出门到厕所的最短距离，而要痛快地洗个澡，得到几条巷子以外的“大力澡堂”。到了冬天，在没有暖气的房间里，他不敢烧蜂窝煤——“一种圆柱体煤球，中间有十六个洞”，本指望靠电热器熬过严冬，结果一打开就烧了全院的保险丝。

大杂院的女主人“老寡妇”就像家人一样闯进了迈克尔的生活。她总是不敲门就走进迈克尔的房间，给迈克尔端来一碗热气腾腾的饺子；她也会絮叨迈克尔，说他从机场打车回来，太浪费；她还告诉迈克尔，自己绝对不会离开四合院，因为住四合院“接地气”。在“老寡妇”最终还是搬离后，迈克尔还联系自己在台湾的朋友，帮忙寻找“老寡妇”那在新中国成立前就已经联系不上的山东籍的丈夫。

迈克尔也受到了孩子和家长们的爱戴。当他需要去片区派出所时，他的手上有75张这个片区的手绘地图，告诉他该怎么走，这些都是他教的学生们亲自画的，“孩子们亲自标画了超市、书店、理发店、餐馆、公厕……没有家长因为怕孩子落后而代笔。”一位做针灸师的孩子家长谢先生主动提出给迈克尔扎扎针灸："我儿子跟我说，您的胳膊有点酸痛，所以没法在黑板上写字。您知道，我是个针灸师，我们就住在一条胡同里，到我那儿去，我给您扎几针。"这位谢先生家里总有一套针，免费给左邻右舍的街坊扎针治疗。

大多数胡同里都至少有一个养鸽人，迈克尔的学生小刘的爸爸就是其中一个。"与报贩子们回荡在大街小巷的'晚报'叫卖声一样，低低的、嗡嗡的鸽哨声也标志着一天劳作的结束。傍晚时分，鸽群总是迅速地从胡同上空掠过，在各处的房顶上绕圈。"刘爸爸在自家房顶养了60只鸽子，还订阅《科学养鸽》，真是把这个爱好发展到了一个高度。迈克尔认为这已经超越了单纯的爱好，刘爸爸也只是笑笑说："这些鸽子就是我的消遣，我的一切，新鲜的空气、广阔的空间，看看这风景。"站在屋顶的鸽子笼旁，视线随着鸽子画出的大圈，迈克尔随即感受到了这爱好的吸引力：鸽子们成为主人眼界的延伸，在天空中宣布着生活空间的扩展。面对总是冒出来的拆迁的消息，刘爸爸说他会把这些鸽子带走，这一点是肯定的，尽管他知道很多新的公寓楼都严禁养鸽子。

与很多外国人写北京的书不同，迈克尔不是一个旁观者，而是一个真正的体验者。该书的译者何雨珈说这是自己最敬佩迈克尔的地方："胡同和大杂院里'那鲜活而俗气的市井生活'，让他体会到在一开始吸引他的老建筑之外，还有一种难能可贵的社区文化，将随着拆迁而消失。”

拆之痛史

拆迁可以说是《再会，老北京》这本书最宏大的历史背景，太多人的命运在这只“无形巨手”的推动下发生了改变。

迈克尔详细地记录了街坊老张，一个鳏夫，和开发商讨价还价的过程。在多次拒绝开发商的 21 万元的补偿款后，老张得到了两次听证会的机会，他不断强调着这点补偿款，他只能吃萝卜白菜，他希望补偿款能够买得起一套房子好让自己和儿子一家住在一起。老张几次和迈克尔重复着听证会的事，迈克尔评价说他的表现能得“A”，因为他的发言包含了所有能唤起同情的关键词。最终老张拿到了 58 万元，但他仍然说：“我不想离开。”老张还是先租住在另一个大杂院，这样他还可以骑车接孙子上学，享受那种“双脚接地气”的生活。

也许正是被太多像老张这样的老北京人的拆迁故事所感动，也许是作为一名新闻人的职业素养，迈克尔在写作这本书的时候不仅阅读了大量资料，更是实地调查了大量的胡同历史，还比较了越南、老挝几个老城的改造。

迈克尔特意找来大量之前外国人写老北京的书阅读参考，《丰腴年华——传统中国的最后时光》《吴氏历险记：一个北京人的生活周期》，他还阅读了大量的西方关于城市设计和改造的书《保卫世界伟大城市——历史大都市的破坏与复兴》《美国大城市的死与生》等。他也特意去越南、老挝看当地贫民窟的改造，和当地人聊天，去资料馆查询。

研究北京规划史时，他发现梁思成不容忽视，可惜斯人已作古。迈克尔就找到其儿子梁从诫，听听他的感受。他也找到致力于城市保护和民间文化遗产抢救的作家冯骥才，聊一聊老城保护。胡同里的“老兵刘”说乡下的生活比大杂院的单间还要苦，迈克尔不信，他就真的坐火车去“老兵刘”的家乡——山西的一个村子去看一看。

在同事朱老师家所在的胡同拆迁前，他陪朱老师回来看看。“我从小到大的房子要被拆了，好像也没那么值得悲伤，”朱老师说，“我爷爷很想念晚饭后拿着烟斗，坐在树荫底下和老朋友们聊天。”她自己则怀念春天摘椿树的叶子，奶奶会把椿树叶切碎混着鸡蛋液一起煎。临走前，迈克尔关注着那些门楣上的蝙蝠、梅花鹿的装饰，而朱老师只是站在胡同深处，静静地看着那些大树。

作家张金起也住在大栅栏，他曾写道：“我在写一篇文章时想找一张旧北京的照片，发现有关旧北京的照片分两类。一类是外国人拍的，质量最好，最系统。一类是无论什么人拍，都注重那些故宫、王府、后花园，而关于民间的，用中国人的眼光看北京的则少之又少。”

因为共同的关注，迈克尔也和张金起熟络起来，跟着他一起去看老胡同，也在他的帮助下，顺藤摸瓜，搜罗自己所住的杨梅竹斜街这个四合院的历史。在一本1937年的登记册上，迈克尔翻到了：1937年5月，来自山东黄县的一家人从一个未登记的房东处租了这所房子，户主人的职业是卖杂货的。迈克尔翻着厚厚的书，游走在70年前的胡同里：“看上去与现在是如此相似，大多数地址都显示，来自不同家庭的九个、十二个、二十个甚至三十四个人共居于一个大杂院之内。居民们从事的营生五花八门，有的是干粗活的佣工（搬水、卖柴）；有的是有一技之长的生意人（木匠、理发匠、银匠）；有的则是‘白领阶层’（银行家、教书先生）；还有的是艺术家（玉雕家、书法家）……很少有人是土生土长的北京人，大多数都是从河北、山西和山东三个省移居而来。”

“作者和他的中国邻居们，以及此后无数反抗巨手的人，无疑是堂吉诃德一样的孤胆英雄，从这个意义来说，梁思成没有失败，毕竟他留下了一部抗争史。”廖伟棠评价说。

怀念

“老寡妇”还是搬走了，离开了住了45年的家，她坚持说自己一点也不伤心，说一家人在一起就是最好的。她先是搬到了孩子所在的另一个大杂院，她的新房子在十七楼，她担心电梯坏了回不了家，也担心住楼房没人说话。

朱老师搬进了四环外的一套高层公寓，和朱家父母做邻居，朱老师也头一次享受到中央供暖和独立卫生间。过去迈克尔和朱老师的话题都是英语教材的内容和拆迁，“现在则变成了她的儿子和舒适但却孤独的郊区生活。”朱老师不怀念大杂院和蜂窝煤炉子，但她很怀念原来的家附近的陶然亭公园。

“老兵刘”租的店面刀削面馆被拆了，他又在附近找了一间更大的店面，就在大栅栏西街旁边。他的普通话越来越好，他已经融入了这个片区，不打算回乡下去，甚至还在盘算着开一家有苹果电脑的网吧。

“这个城市如果照这样变迁下去，是否终有一天，你会说好想念曾经在北京的生活？”迈克尔的朋友问他。“我并非惯于怀旧之人，但只要我一离开胡同，就会想念北京。我并非想念那些摇摇欲坠的建筑，而是想念贯穿于胡同之中，鲜明而又濒临消亡的生活。我想念那些‘当时只道是寻常’，还没来得及好好欣赏的事物。比如凌晨五点，老奶奶们在外面聊的家长里短；比如身穿丝绸睡衣去市场买菜的男人；比如围坐在热气腾腾的涮锅周围饱餐一顿，久久不愿停下筷子；比如课间休息时朱老师和雪儿之间的一场踢毽子比赛；

想念护城河上的冰球比赛；想念小刘爸爸的鸽子，以及他老婆的抱怨……”

但令人安慰的是，杨梅竹斜街并没有在拆迁中消失。

在迈克尔住进来的这两三年，“政府重建过杨梅竹斜街的公共厕所，铺设过新的下水道，安装过独立的水表和宽带网络……”

2013 年 7 月，西城区人民政府对杨梅竹斜街实施腾退改造，这是西城区第一个文保区改造项目，对原有居民实施自愿腾退政策。杨梅竹斜街 1700 户居民中有 529 户选择迁出，1171 户选择留下。对留下的原住民采用了“平移试点”的方法，即把分散在大杂院中的居民合并到一处院落居住，空余出的地方用来建公共厨房、便民菜站、公厕等等生活设施，一些工作室、书店、瓷器坊、餐馆也陆续搬入，让这条民国时期就曾汇集世界书局、中正书局的老街重新焕发文化的气息，并保留了老北京的韵味。

不知道迈克尔再次回到杨梅竹斜街时，会作何感想。

迈克尔·麦尔：中国大地上的“游荡者”

文 / 林颐

《东北游记》不是旅游记闻，译者当时也怕人误会，和作者商量。但是迈克尔·麦尔（Michael Meyer，中文名梅英东）是个“中国通”，坚持这样命名，他说这是“关于他在东北游荡的记录”。

我认为这样取名很恰当。虽然作者、译者都没有进一步解释，但我猜想，老梅的用意来自德国哲学家本雅明（Walter Benjamin）的一个核心命题——游荡者。本雅明把自己比作现代城市的游荡者，通过“对现代这样一个大废墟的洞察与揭示”，得到发人省思的觉悟。

老梅是中国大地上的“游荡者”。2013年，他出过一本书，叫作《再会，老北京》，有关2008年奥运会之前北京拆迁的百姓日常记录。为了写这本书，老梅在北京大栅栏的杨梅竹斜街安家落户，花了两三年与老胡同的居民们一起吃住，以自己的亲身感受记叙“一座转型的城，一段正在消逝的老街生活”。《江城》《寻路中国》的作者彼得·海斯勒（何伟）这样评价老梅：“很少有作者能够真正活在一部作品里，融入当地的生活，并让这种探究走向深处。”

这一次，老梅作为“中国人的女婿”，来到了妻子的家乡，吉林的一个小村庄。

在北京的时候，老梅住在拥挤嘈杂的四合院里，吃大娘水饺，喝燕京啤酒，倾听老胡同百姓的各种烦恼，帮助他们解决拆迁的难题。到了东北，老梅同样像是在水里游来游去的一条鱼，很容易就和当地人打成一片。他爱吃东北乱炖，买菜时也会为了毫厘讨价还

《东北游记》
作者：迈克尔·麦尔（美）
出版社：上海译文出版社
译者：何雨珈
出版时间：2017 年 1 月

价，东北人大多“话痨”，村长、三姨、三舅等人让他收获了一兜篓的故事，他爱走街串巷，爱逛图书馆，另外又搜集了东北的很多事儿。

老梅的身份是极其有利的。在这座人烟密集、各种元素并置的东北村庄里，老梅作为外来者适时转化成了部分的当地人，既是参与者又是观察者。他有技巧的引导又常常会引发谈话者对沉寂已久的往事的追忆。

刘博士打开了话匣子，一个穷困潦倒的司机和一位不得志的农学家，如何从无到有创建了“东福米业”。老梅说，“这个故事堪称现代中国的商业寓言”。跟随老梅纪实风格的淡然叙述，仿佛有一架无形的摄像机在悄悄转移。

另一边，则是三姨深切的担忧。她并不想当东福米业的租客，可是在轰隆轰隆的机器面前，她的虞美人和小菜园已经没有了，她的小产权房即将并入集体，而集体会把土地租让给企业。尽管三姨并不情愿，但对于农民来说这似乎是顺理成章的安排。就算仍然保有自己的土地，抛荒与低效生产也是大问题，有机农业的高昂成本是目前个人无力承担的。

书中除了日常故事，还有对“金人建城”“日本移民拓荒”等历史的叩问，老梅游历在这陌生的土地上，试图触碰这片土地的真实与来历。如果说北京代表了中国城市发展的道路，那么，东北可能有着历史悠久、最具代表性的中国乡村生活图景。

《再会，老北京》聚焦大都市的死与生。任何大城市的形成，从根本上来说，都是独特的社会创造出相应城市环境的过程。在这个过程中，通过长达几百上千年的人类居住形成都市风光，这风光深深影响着这个社会，并使人们意识到，毁掉老建筑带来的损失，不仅仅是肉眼所看见的拆毁古老砖石那么简单。

《东北游记》让老梅作为“游荡者”，拥有与现实隔开了距离的视角，更易于梳理过去、现在和将来的隐秘线索。对于东北每天发生的正在改变的生活事实，以及这些事实背后的悲喜纠结，人们不可能无动于衷。当老梅在博物馆里看到梁思永的《远征日志》，他说，“我突然热泪盈眶”，我想在那时候，在那以后，他都会被东北这块土地深深牵绊。

通过老梅的双眼，我看到：即便是中国首屈一指的大都会，很多空间仍然相当的“农村”；而在同一时刻，中国的广大农村不管是否自愿，都已被迅速地卷入现代化进程之中。东北是“天下粮仓”，又是工业重镇，东北的城市化道路比之他处有着更沉重的历史包袱，因此往往让人感到一种旧时生活的粉碎，仿佛本雅明眼里的“废墟”。老梅要比本雅明乐观，他没有被历史紧紧包裹，而是通过当下的叙述者的思绪更多地指向未来。

我在中国的第一份工作

文、图 / 维尼·阿皮切拉　译 / 安落实

通往远洋国际中心的入口给我留下了深刻的印象。门前有四栋现代化的豪华办公大楼。后来我才发现，亚马逊（中国）和雅虎也在那里设有办事处。大堂装饰考究，穿着得体的工作人员会引导你乘坐电梯到达目的地。来到新办公室后，我站在前台，环顾四周。此时是上午 8 点半，大部分员工还没到。这是 A 公司的总部，虽然我以前从未在美国听说过这家公司，但该公司显然在电子商务领域表现相当出色。这里将是我未来的新“家”。

这不再是一个梦，我终于实现了——我现在就在北京，准备开始我的新工作，为实现未来的目标而努力。

迟到得罚款?

我感到既兴奋又紧张。当苏珊跟我打招呼时，我有点吃惊。几周前，当我还在美国时，我们还只是通过电话交谈。奇怪的是，当你通过电话与某人交谈却不知道对方长什么样时，你会根据对方的声音、说话方式等在脑海里去想象这个人的样子。所以，当我们第一次见面时，我很失望，因为她不像我想象得那样漂亮。但不管怎样，我们终于见面了，她会引导我走完剩下的路，并帮助我适应新工作。

维尼·阿皮切拉，美国籍，专业顾问、教师和作家，毕业于哥伦比亚大学，拥有新闻学、传播学、工商管理学位

我很感激她的帮助。实际上，她是个 ABC（出生在美国的华人）。而且她对我们这个小组中的大多数人都有点傲慢和居高临下的意味。我想一些人认为当经理就意味着是“控制狂”。我很早就在她身上以及从那时起我在这里遇到的每一个有“经理”头衔的人身上发现了这种特征。上午 9 时，一拨又一拨的人们冲到前门刷卡或者“打卡”（我们在美国的说法），“嘟嘟声”不断响起。我茫然地看着他们一个个鱼贯而入，然后急匆匆奔向他们的工作区。我后来才知道，公司有着严格的规定，员工必须在 9 点之前开始上班，而不是 9:01、9:02 或者更晚。如果一个人在一个月内迟到三次以上，将会受到经济处罚。当我被告知这一点时，我简直不敢相信。

“他们可以通过扣工资来惩罚你吗？”我问我的同事。

“是的，这里有严格的规定。迟到就是迟到了，不管迟到多久。如果你迟到了，他们有权力惩罚你。不过不是很多，大概 50 元。”

我心想，“不多吗？”

我坐在那里沉思了一会儿。这在美国是闻所未闻的。无论出于任何原因，公司都不能通过扣工资来惩罚员工。如果这样做，公司就违法了。

从这次简短的交谈中，可以了解到中美两国在工作场所的一个重大差异，在我的同事看来，这是很正常的事情，我想所有其他中国员工也是如此认为的。但我认为，这不是对一个迟到员工的罚款那么简单，它还导致了一系列对整个社会产生负面影响的事件，比如混乱的交通状况和频繁的人事变动。

我们的编辑团队由当地的中国人和外国人组成，外国人中主要是美国人，也有几个英国人。我被聘为高级文案，签了三年工作合同。我们的编辑团队负责为公司的网站（也就是在线商铺）撰写和编辑文案，而我的职责是监督他们。对了，我刚刚讲到有美国人和英国人，所以我得看一看写作风格指南，弄清楚他们使用的标准。我们都知道，英国英语和美国英语在某些单词的拼写和含义上有差异。

上班后的第一天，我被告知我们没有写作指南。没有写作指南？我简直无法理解，为什么一个面向海外买家的电子商务公司竟然没有一份写作指南供编辑团队参考。所以我向部门经理反映了这个问题，经理同意制定一个写作指南。因为写作指南有助于保持公司的写作和创作内容的一致性。遵循写作指南中的要求，可以让你在客户面前显得更专业。

在来到中国的几个月前，我决定放弃在美国相当成功的职业生涯。我来到这里是因为我很久以前就想到中国探索未来，包括创办企业和重新开始我的人生。我要成为一个与众不同的人，为人们提供一些有价值的东西，并因此受到人们的赞赏。在美国，跟世界上其他许多地方一样，三十来岁的人基本上已经规划好了自己的人生，有了比较稳定的工作和生活。对我而言却不是这样，我走了一条不同的道路。

所以，离开美国是我自己作出的决定。这份工作使我受到一些鼓舞，让我一到中国就有了努力的目标和方向。但无论如何我都会来的。

我在 2011 年 2 月的第三个星期到了中国，我先去上海看了一些朋友，然后到无锡去看了我的公寓，最后到了北京。我觉得精神焕发，准备开始我的新冒险。从那之后，经常有人问我，如果我有机会重新来一次的话，我是否还会作出同样的决定，我的回答是“不会”。

多好的商业模式啊！

虽然在我之前来中国的几次经历中，对中国的工作环境以及我的中国朋友们工作有多拼命已经有了一定的认知，但是这份在 A 公司的新工作对我而言仍是严峻的考验。我不认为这是一个典型的中国公司，因为有许多外国人在那里工作，公司很需要他们。作为一家全球性的电子商务公司，公司的消费群体完全位于中国境外。他们的商业模式很简单：先在中国以低成本制造产品，然后通过网站批发给外国买家。通过直接销售，他们不需要雇用中间人，因此可以给买家很大的折扣。

“多好的商业模式啊！”当我还在新泽西家中的卧室里做编辑测试时，心里想道。这个公司给我的编辑测试是我们的面试过程的一部分。当然，阿里巴巴平台也是做类似的生意，但不知是什么原因，我认识的大多数人都知道阿里巴巴，但人们对这家公司却没有什么印象。

现在你知道我已经通过了面试，并且随后被聘为编辑团队的高级文案。公司的人力资源部门联系了我，通过几次夜间电话交流商定了我的工资和福利待遇。我喜欢她的讲话态度，并且对于能够在这样的电子商务公司工作充满了激情。我以前从来没有这样想过，所以对我来说，能够在一个提供相当体面的薪酬、并且经营非常专业的“全球化”公司里工作，似乎是一个不错的机会。

在办公室，大家都非常友善和热情。我很快就认识了我的同事们，我们经常一起出去吃午饭，包括外国和中国同事。我认为不管你在任何地方，一定要敢于走出自己的舒适区去尝试新的东西。事实上我和我的中国同事相处得很好，而且在工作之余，我们也经常在一起，比如共进午餐或者参加周末的社交活动。从他们身上我学到了很多东西。作为高级文案，我的工作是审核在网站上发布的所有书面材料，给不同的作者分配任务，并确保一切文案都能够很好的呈现。我之前有过做编辑的经验，所以这对我来说只是换了一种形式而已，而且是我喜欢的形式。第一个月，一切都进展得很顺利。

如果我们能够一直保持这种势头的话，我想我们可以使公司的网站和促销页面变得越来越好。

但这只是“如果”……

第二个月，我被调到了客户服务部门。到第三个月月底，我就离开了。

所以，我在北京的前三个月竟然变成了一次充满希望却又布满陷阱的冒险。我有一半的时间住在旅社，睡在一张木床上，几乎所有的晚餐都在肯德基解决。我签了三年的高级文案的合同，却在一个月后被降职，三个月后被免职，公司给出的理由是“未能达到试用期的要求”。在租用新公寓和配置家具方面，我花的钱比预期的要多得多。在美国，我们是按月支付房租的。愚蠢的是，我以为在中国也是这样，所以当房东让我预付三个月租金的时候，我有些吃惊。由于这些事情的发生，我在中国的生活一开始并不顺利。

正当我觉得自己一切都已经安排妥当的时候，我开始在资金上捉襟见肘，所以我需要重新找一份工作。我觉得一切都要靠自己，这个地方突然让我觉得很陌生。

如果说在 A 公司的这段工作经历让我感到困惑和愤怒，这只是一种轻描淡写的说法而已。然而，这种变化是如何发生的以及为什么会发生，也是给我好好上了一课，使我静下来思考该公司的内部运作方式，以便为以后找工作做准备。正如我后来了解到的，我在A公司的经历并不是一种偶发事件，这样的事情在许多公司都是很常见的。但在当时我有点不知所措。从美国来到北京接受这份工作，我在那里只待了三个月，他们没有征求管理层的意见就一脚把我踢开了。而我的确满足了这份工作的要求，我不接受这种借口。那么为什么会发生这种事呢？我从不同的人那里得到了不同的答案。但根据我的推断，最有可能的原因就是，他们不再需要“高级文案”了，也不想再支付这份薪水了。

显然，他们一开始花了大价钱雇用了我，后来觉得我的工作并不是那么重要。当然，我从已经成为朋友的一些前同事那里听说的一些小道消息得知，由于雇用我的成本较高，我也更容易被他们抛弃。所以他们在我转为正式员工之前，也就是必须支付向我承诺的全部工资和福利之前，把我辞退了。

不过，在这段时间里，我很幸运地找到了一所当地的语言学校去学习中文。所以在最初的几个月里，每周在那里学习几个晚上就成了我日常生活中令人愉快的一部分。

北京是一个很大的城市。直到我生活在这里，并亲自从微观角度看到它，我才意识到它究竟有多大。在那个夏天快要结束的时候，那个第一次把我从美国召唤过来的招聘人员又给我找到了一个工作机会。

我打算继续前进，努力适应这个城市，了解这里的商业环境，等待更好的机会出现。

这里出现的文章是从我的新书《逃离美国》中摘录的。这是一个美国人渴望改变自己的生活，在中国规划未来的故事，记录了他旅行前后的经历。本书试图呈现给读者的是一个经验丰富的学者、旅行者和商人的深入分析，他对中美两国的相似性、差异和改进方法发表了独特的见解。

来到中国一年多，努力且希望着

文 / 维尼 · 阿皮切拉　译 / 安落实

当我离开美国时，我放弃了在国内拥有的优越条件，告别了我的职业生涯，搬出了漂亮的房子，卖了车，然后跟我的家人告别。我当时的想法是，我要改变自己的生活，探索一个全新的未来，去做一些更有意义的事情，让自己的人生有更多的可能。当然，前提是我可以给中国带来一些有价值的东西。中国正在发生快速的变化，变得更加现代化，愿意接纳新思想和拥抱全球化。我就像是在探索一个新世界，在这里，我可以做我自己的事业，满足自我生存的需要，同时又能满足社会的需要。所以，在我到达中国后的最初几个月，我很少想到美国的生活。但是我不得不承认，随着冬天的临近，我开始有些后悔来到这里。我对自己的生活失去了控制力。我虽然是一个成年人，来到中国，却不得不一切重来，甚至连一些基本的事情都难以搞定，比如付电话费，在超市买护发用品时都弄不清哪瓶是洗发水，哪瓶是护发素。

事业的起步

此时，我已经在一个共享公寓里住了六个月。我的室友是一个中国女孩，她租下了这个公寓，还有一个美国小伙子，比我年轻得多，但我们还是有很多共同点。实际上，他的青春活力对我有积极的影响。他在当地的一个英语培训机构教托福，我们经常会在晚上聊聊天。他知道我在找工作，一天晚上，他问我是否有兴趣教英语，帮助他机构的学生练习写作。我准备第二天去跟他的老板谈谈，看看我们能否一起做点事情。

实际上，我不是来中国教英语的，也没有强烈的愿望去做这件事。是的，我可以教英语，但是我不可能忘掉我学到的一切东西，忽视我辛辛苦苦掌握的技能和经验，去简简单单地教个英语！此外，这里已经有很多年轻的、更有资质的外国人在做这件事，我实在没有兴趣成为其中的一员。

后来我见到了公司老板，他是个和蔼可亲的人，非常谦逊和真诚。他在做生意，但显然不是生意人。他以前是一名教师，看到出国留学考试培训方面的巨大商机，在七年前创办了这家公司，公司不大，但经营得很好。

但几个月后我发现，在教育行业招聘外国人才是很难的，更难的是让他们工作一年以上。原因在于这里的工资水平比西方低得多，工作条件也往往不太舒适，对你工作的期望值还很高。参加培训的孩子很多都被家长宠坏了，这些都是导致大多数外国人似乎无法长期稳定工作的主要原因。还有值得一提的一点是，工作签证的有效期一次只有一年，所以一般的合同也只签一年时间。而许多外国人很快就会发现，如果他们自己教英语的话收入更高，且不必与公司二八分成。

和公司老板的见面很愉快，我决定帮助他们，一开始是非正式的。这意味着我只需要花一些时间在他们的培训中心，熟悉一下业务，见一见学生，几个星期之后再决定是否正式加入他们的团队，

维尼·阿皮切拉

成为那里的一名工作人员。

这里的朋友总是很好奇我为什么要上那么多的大学，而且拿不同的学位。这是因为我厌倦一直做同样的事情，我想了解一些不同的领域。这些年来，我在媒体、音乐、出版、营销、管理等行业做过许多工作。虽然这不会让我的简历中的“工作时间”变长一些，但是却让我变得非常灵活，适应能力强，而我认为这是近年来企业寻找新兴人才的趋势。说实话，我来中国前没有从事教育行业的经验，对这个行业也没有关注过，亦没有兴趣或意愿涉足其中。但我在这家公司取得成功的主要原因之一是我擅长沟通，我会教书。我并不是一名正式的教师，但在我的整个职业生涯中却指导和辅导过很多人。当我跟新来的学生以及后来跟他们的家长见面时，这一点对我很有帮助。

后来，老板聘用了我，让我给那些上出国考试课程并计划申请美国私立学校的学生提供咨询服务。这些孩子并不是去学英语的，他们中的大多数人在学校的时候就已经掌握了英语。他们正准备出国留学，但为了进入顶尖的学校，他们需要在托福考试中表现出熟练的英语能力，其中的一些人还需要在中学入学考试（SSAT）中取得优异的成绩。所以，我在那里工作主要是因为我作为一名美国人经历过美国的整个学校系统，当然还有我的阅读、写作和说英语的能力。

但是，老板对他的公司有一个更宏伟的愿景，这最终导致我再次改变了职业理想，这一次要求我成为一个教育领域的专家!

双赢的局面

老板想扩大他的业务，而我想在中国创业，所以最终我们走到一起似乎是天作之合。不久，我们签订了一个为期两年的合同，为他的中心开发一项新的教育咨询业务，由我担任业务主管。这对我来说是一个很好的机会：首先，它满足了我创业的需要，可以开发一项新的业务，但实际上不是我自己的业务。这意味着我没有经济损失的风险，也不需要与外部投资者打交道。其次，我可以从事一个正在中国蓬勃发展的行业，这个行业满足了中国人的一个重要需求，我可以从头开始学习如何在中国做生意，如何管理中国员工并和他们一同工作，而且在决策和责任分配方面有更多的控制权。我后来制定了一些制度，这是让我感到非常自豪的事情，虽然过了一年多我才有机会将其付诸实施。

奇怪的是，虽然这是我第一次在一个学习中心工作（我们也可以称之为“学校”），但我在那里感觉很舒服。员工热情好客，老师们都渴望成为朋友，相互学习。在未来的几年里，这里将成为我离开家乡之后的另一个“家”。虽然这基本上意味着我大部分时间都要待在那里，即使是在下班以后。如果让我跟一份工作“结婚”或者住在办公室里的话，这会是我选择的地方。

无论是作为一名管理人还是雇主，我总是为自己是一个善于交际的人而感到自豪。我从来不想在自己和下属之间设立一道屏障。每个人都是团队的一部分，这是我一直想要营造的团队文化。幸运的是，我正是处于这样的工作氛围中。当然，我不太赞同把时间限制得过于严格，要求每个人都抢着在上午 9 点之前打卡上班。但我并不是要尝试改变办公室文化，尽管随着时间的推移，我的影响力越来越大，我很高兴地说，我能够带来一些同事们所欣赏的积极变化，比如不要求用加班来弥补假期；也不要求每个周末都要工作，虽然周末上班在这个行业通常是强制性的。

对我来说最棒的感觉，是我可以向大家分享一些新的想法，而他们很乐意接受。虽然有时候任务很艰巨，但每个人都在为之努力并作出了贡献。

老板和我并不是在所有问题上都想法一致，虽然最终决定由他来作，但是我们往往能够达成一致，并采用新的想法来取代过时的理念或尝试用新的方法来提高工作效率。我们相互学习，参加各种会议，跟学生聊天，跟家长交流，了解这个行业的方方面面。那段时间几乎天天上班，大约六个月以后，毫不夸张地说，我都成了这方面的一名专家。为了经营好这个留学咨询部门，我需要成为一名真正的教育顾问。在我能够聘请合适的人来做这些事之前，我自己首先必须合格，要先从里到外了解这个行业，然后才能有效地开展和管理好业务。

不眠不休的工作

经过大约半年的亲力亲为，包括修改原来不符合标准的合同，了解每个人的角色和职责，举办多次培训课程，参加行业研讨会，前往美国跟招生负责人面谈，我相信我们能够做好这项业务。下一步的任务是起草一份商业计划书，准备一份营销计划，并组建一个由教师、指导员和教育顾问组成的保障团队。直到这个时候，我才确切地知道我们需要什么，以及为了开展这项新业务，需要什么样的人才。我既高兴又兴奋，干劲儿十足，坚信成功一定属于我们。但直到我们开始招聘人员来填补各个工作岗位时，我才知道这有多难，以及我们各自的教育制度有多么大的差异。

在收到的近 30 份简历和求职信（有的人甚至连求职信都懒得写）中，只有大约五个人有从事教育行业的实际经验。甚至还有几个住在中国境外的外国人。他们似乎没有人认真看过工作说明，以及其中关于申请人需要居住在中国的要求。如果他们连应聘要求都懒得看，那么他们就不该浪费时间申请我们的工作。所以我很快就把他们从我们的候选人档案里删掉了。

而要找到一个有销售经验的人更难。我们的销售部门只有两个人，其中一位没有工作经验，正在接受培训。公司还有一个网站，不仅老旧、难看，也没有什么信息。换句话说，作为一个营销工具它几乎没有什么用处，也不能通过友好、适当的展示来吸引新的学生。我们的社交媒体覆盖面还不错，但仍需要改进。有许多东西似乎都被公司忽视了，但由于老师们的出色工作和学生取得的积极成果，公司还是能招到新生。很明显，公司的大部分业务来自我们在美国所说的“口碑”广告，即来自满意客户的推荐。这对于我们这样的一家公司来说是极为有利的，使得我们能够在几年内持续运营并取得成功。在我看来，这是保持业务稳定和建立良好声誉的绝佳方式。但是，如果一家公司要发展到新的高度，这并不是唯一的途径。就我的职务来说，由于我正在建立一个全新的业务，以前没有什么可供参考的历史。如果要有一个良好的开端，我们绝对需要有一个强有力的营销计划来推广服务和展示优势。所以我认为，这一切都要从重新建立一个更新更好的网站开始，向人们介绍我们的服务，然后再利用所有相关的营销渠道把他们吸引到这里。

作为一家小公司，我们即使在营销、销售等每一个领域都没有顶尖的专业人员也能存活。员工们可以先学习基础知识，然后在实践中成长。我们有足够的经验丰富的员工，可以给新人进行业务培训。然而，因为缺乏经费，想引进一个敏锐的市场营销专家，或是经验丰富的托福教师和教育顾问，对我们来说都是一个很大的挑战。

边学习边领导

在当时的情况下，我除了负责开发新业务之外，还要承担许多任务。我从一开始就预料到了这一点。但让我没有想到的是，我的职务随后会从一个新部门的业务开发经理上升为公司的总经理！当然，我有权对这种安排说“不”。毕竟我对我们的老师所做的工作知之甚少，对管理一家公司也没什么兴趣，而且我是在用一种尚未测试过的模式开发一项新的业务。然而，由于我前几个月已经在公司投入了很多时间，所以我决定接受这个挑战。

我在这个公司已经有了归属感，大家相处得也很愉快。考虑到我前两份工作的失败，老板的信任让我很受感动。

所以，除了开发和管理新的留学咨询业务以外，我还要负责许多业务：一是指导我们的人力资源经理。二是指导我们的营销团队，让他们不仅知道我们提供的服务内容，还要知道我们的竞争优势是什么。三是改进我们的教学部门。我们幸运地找到了一位来自美国卡普兰的教授，为我们的教师提供为期一个月的准备课程，以提高他们的教学能力，并为新员工制定了一套指导方针。四是员工培训。

如果说这些年来我学到了什么的话，那就是没有比你自己的内部员工更好的营销工具了。要让他们看到老板和我设想的这个“更大的蓝图”，并让他们知道他们在公司发展过程中能够发挥的重要作用。五是教学。我也必须成为一个真正意义上的“老师”。我开始为学生开发新课程，作为我们留学咨询服务的一部分。

对于我来说，如果我想在留学咨询方面取得成功，就需要为学生提供额外的增值服务，而不仅仅是跟他们会面，帮他们选择和申请学校。我们应该为他们提供成功所需的工具。

留学咨询是一个季节性很强的行业，夏季之后，学生们开始申请中学和大学，接下来的几个月会非常忙碌。那时，我一有机会把自己关在办公室里，为学生研发不同的培训课程，并全年提供这些课程。帮助学生学习他们所需要的基本技能，让他们不仅在申请学校时能够胜出，而且在被学校录取之后还可以继续取得成功。这就是我们的新课程的关键要素。

我还积极与类似的公司合作，帮助设计新的公司商标和品牌战略，与家长沟通，招聘新顾问，与慈善机构建立联系，并为学生教授我们新开发的课程。在此过程中，不仅提高了我的技能，与同事们建立了良好的工作关系，还为公司无须另聘人员而节省了大量资金。

不过，我不得不承认，这样工作一段时间之后，我简直要筋疲力尽了！

总而言之，这是一份要求很高的工作，但它确实帮我找到了前进的方向，给了我一种新的使命感，也让我得以发展和管理我来中国之前一直渴望从事的业务。

在我来到中国一年多的时候，我终于渡过难关，向前迈出了一大步。

唯有交流才能克服未知的恐惧

——约瑟波维奇访谈录

文 / 陈曦

约瑟波维奇获得 2013 年中国政府友谊奖

同许多喜欢中国文化的外国朋友一样，迈克·约瑟波维奇和中国有着不浅的缘分。1987年9月14日，北京和德国科隆正式建立友好姊妹城市关系。两个月后，对中国文化颇感兴趣的约瑟波维奇进入德国科隆市经济促进局工作，与同时成立的中国国际人才交流协会德国办事处开始了紧密合作。25年后，为表彰其多年来为促进中德两国关系所做的不懈努力与杰出贡献，约瑟波维奇获得2013年中国政府友谊奖，他也是第一个获此殊荣的政府经济部门官员。

记者：您从20世纪80年代就开始和中国企业打交道，几十年前的中国企业和现在有什么显著不同？

我在科隆市经济促进局工作的这25年里，中德两国逐渐在经济、文化等领域开始紧密交流与合作，几乎每周我都会接待一个来自中国的代表团。他们不仅销售中国制造的产品，还希望在德国收集更多市场信息，以便于在中国生产出更好的产品以适应德国的市场和审美。

多年前有位中国服装设计师来到德国，了解和学习德国最新流行的服装设计。第二年他带来了其在中国生产的服装样品和画册，希望在德国打开销路。可是由于信息沟通不畅，这些产品已经不再符合当年的德国服装流行趋势，自然无法顺利销售。当年的中国企业还在看西方的设计来确定流行走向，而现在的中国企业早已做出精美的自主品牌，无论式样还是质量都能得到认可。

约瑟波维奇获得2013年中国政府友谊奖时说，中华民族是非常聪明的民族，特别擅长学习国外先进经验，吸取西方的长处，避免已经犯过的错误，这也让中国在现在的发展中少走了很多弯路。从这个方面来说，中国国家外国专家局和中国国际人才交流协会起到了非常重要的桥梁作用。

记者：在您看来，阻碍中德两国文化交流的主要障碍是什么？

中德两国最主要的沟通障碍在于空间距离。中国有句老话叫作“百闻不如一见”，但由于遥远的距离，大部分德国人并没有机会亲自来到中国，他们更容易把注意力集中在德国附近的东欧国家。很多德国人对中国仍然有恐惧感，这源于他们对中国的不了解，因为走进中国就像进入一种新的未知文化，这种未知让人恐惧。大部分德国人对中国的认知来自媒体，而媒体的特性又决定了他们更容易报道吸引眼球的事件。西方媒体对中国的报道并非完全实事求是，民众对于中国的印象和现实并不相符。我的个人经验证明，来到中国后用自己的眼睛观察周围，和在德国只听媒体宣传完全是不一样的感受。

举个近期的例子。2013年北京市外专局启动“首都蓝天计划”，邀请科隆的几位专家成立科隆环保垃圾处理代表团来华参观。这四位专家分别是科隆垃圾焚烧公司和收集公司的老总，还有环保局的政府官员和环保教授。他们的中国行只有短短一周，但就是这一周让他们对中国产生了非常好的印象。这种亲身交流对于并不熟悉中国的德国人来说非常重要。同样，对于中国人来说，只有亲身来到德国，才能最直观地感受德国文化和德国的风土人情。

记者：BBC 每年都会举办世界最受欢迎国家评选活动，从 2008 年到 2013 年德国几乎都拿了冠军。相比之下，中国的排名差很多，德国整体对于中国形象的评价也并不高。您曾说过您的主要工作是包装科隆城，作为城市对外交流和文化宣传方面的专家，您有什么较好的建议?

国家和城市形象建设是一个非常大的问题。如果想要使国家和城市形象深入人心，人的作用是无法替代的。首先，国家形象的提升需要人的努力。中国驻德大使施明德先生就是一个非常好的例子，据我所知他从小学习德语，对德国文化有着深入了解，所以相较一般中国人，他能够更深层次理解德国的文化和德国人的处世方式。其次，希望更多的德国人走进中国。只有近距离接触才能认识到真正的中国，从这个角度来看，国家外专局和中国国际人才交流协会起到了非常好的促进作用。他们推荐许多德国专业人才参加中国的国家和城市建设，借助这些专家的眼睛使得更多德国人看到中国的现状，借助他们的嘴巴也可以向更多德国人宣传中国。这些专家不仅帮助中国做建设，也是非常好的宣传使者。就像科隆环保垃圾处理团的专家们，不仅作为“首都蓝天计划”的参与者出谋划策，他们在华期间对中国产生了深厚的感情。这种无价的感情胜过任何的宣传和媒体报道。

我能理解为什么德国人对中国的印象评价并不高，最根本的原因还是在于两国人民的相互不了解，正如我前面所说，大部分德国人对中国的了解还是来自并不完全属实的西方媒体报道。但我能够说，至少在科隆市的德国人对中国的评价远高于其他德国城市。这主要归功于科隆对于中国文化的普及和科隆 - 北京这两座城市之间的文化交流。2012 年科隆举办了“科隆中国年”活动，影响了很多

2012年9月14日在科隆举办中国商务与投资论坛。右起约瑟波维奇，中国驻德国大使施明德，科隆市经济大使孟宙，科隆市经济促进局中国部负责人韦尔特

德国人重新认识中国。

记者：中国企业在德国投资建厂，最大的障碍是什么？

最大的问题是不熟悉德国当地的法律法规。外资企业融入本土是一个非常漫长的过程。许多中国企业家误认为德国遍地商机，去了就能捞钱，但实质上在中国反而比德国更容易赚钱。德国发展起步较早，行业规范和法律条款更为完善，而中国的规章制度还在发展和制定中，在中国更容易打擦边球。

从这点来讲，中国可以向日本学习。日本企业从20世纪70年代进入德国投资建厂开始，就任用当地人参与企业管理。德国雇员熟悉本土法律和行业规则，使得日本企业在刚进入德国时运营就非常顺利。中国企业在德投资的典型成功模式是三一重工——在德国建立研发和组装中心，把产品冠名为德国制造。从世界范围来看，中国产品的美誉度并不如其他欧盟国家产品如此出众，在大部分民众的印象里，中国制造低价但质量较差。可实事求是来说，中国已经出现许多质量好的产品，但是知名度不够高。作为中资的民营企业，三一重工的“德国模式”意图明显，通过在德国研发、生产把商品名称冠为德国制造，提高产品知名度并改善产品形象。三一重工的例子说明，德国研发、中国生产、德国组装成型卖出，这已经是一个成功的中国企业的“德国模式”。

2014年1月，约瑟波维奇度过了他的60岁生日，他说，中国政府友谊奖，是给他最好的生日礼物。他为自己和科隆经济促进局中国团队能获得这项荣誉无比骄傲。这个奖项不仅属于他自己，还属于 25 年来为推动中德友好关系付出辛勤劳动的所有人。

跨越大洋的温暖

—— 访美籍华人李立文、马时仪夫妇

文 / 吴星铎 万晓璋

美籍华人夫妇李立文、马时仪接受采访

四川仪陇，朱德故乡。这里山峦起伏，交通闭塞，大部分青壮年因贫困外出务工，长期以来被国家确定为国家级贫困县，“5·12”地震受灾县之一。

一对年逾古稀的美籍华人夫妇李立文、马时仪的身影连续3年出现在这里，他们将自己的爱心同“仪陇县贫困乡村留守儿童中特殊群体支持陪伴成长计划”对接，目前经他们资助的孩子已经有70多个。孩子们都亲切地称呼他们为“李爷爷”、“马奶奶”。

一份爱心的缘起

四川仪陇县农村发展协会主任高向军接受了我们的采访，她介绍说：“我们协会是1995年因为联合国一个扶贫项目而注册创建的公益社团组织，在我国算是建立较早的民间公益组织。”

高向军说：“李立文、马时仪与我们结缘是从我们协会从事的为农村贫困家庭提供无须担保抵押的公益小额信贷项目开始的，当时他们通过网络平台向30多个贫困家庭发放扶贫小额信贷。2010年下半年，他们专程从美国来我们协会实地考察，检验他们的资金是否真正帮助了他们在网络上选择的30多个家庭，那是我们第一次见面。”

高向军接着介绍说：“在农村访问过程中，他们亲眼目睹了这些特别贫困家庭的贫困程度，随后开启了助学项目，帮助贫困家庭的留守儿童。我们助学项目的合作走过了 3 年多的时间。为了这些孩子，他们倾尽全力。”

无为、和谐，有为、温暖

因为骨子里流着炎黄子孙的血液，李立文、马时仪退休后决定回中国来看一看，奉献自己的爱心。

为了更方便做慈善，夫妻俩和另一位美籍华人朋友创立了“无为和谐基金会”。“无为”源自老子《道德经》中的“无为”，“和谐”便是英文中的“harmony”。基金会的英译名“Wuwei Harmony”

无为和谐基金会资助的学生们合影

也可谓是中西合璧。

万事开头难，夫妻俩最初在中国做慈善并不顺利。“我们在云南、河北都做过，但是捐助项目的后期监督与反馈让我们很失望。”后来通过在中国办理小额信贷业务的“我开”，他们结识了四川仪陇县农村发展协会及其负责人高向军。

“我当时找到负责的高主任，她问我想要看哪家的情况。我就随便指了一下，那就看这两家吧。”夫妻俩走访了两个家庭，孩子们都是和爷爷奶奶相依为命，别说上学，吃饭都很困难。夫妻俩见状，立即拿出 3000 块钱，“先让他们吃上饭”。

“我们最开始以为资助孩子就是拿钱出来给他们吃饭就行了，但是现在越做越大，才知道拿钱这部分反而是最简单的。”

“我们在仪陇做得很顺利，高向军主任及她的机构成员功不可没。”通过无为和谐基金会和四川仪陇县农村发展协会之间的合作，夫妻俩开启了四川仪陇的慈善之旅。一年至少要回四川两次，每次半个月的时间，从生活的各个方面关爱孩子们。在美国的时候，也尽全力了解孩子思想的变化、进步和成长。

为了让农村的孩子们能学习电脑，夫妇俩聘请电脑专家多次来当地小学帮助、指导学校恢复电脑教学，又专程从美国背来几十个平板电脑让孩子们学习使用电脑，教会孩子们从网络上学习，也通过电子邮件让孩子们与他们建立起交流渠道。“可以这样说，我们在当地都没有他们对助学项目学生的思想、学习、进步了解得透彻。”高向军感叹道。

发现乡村英语教学存在的问题，夫妇俩专门为学校英语老师和学生从美国购买来随身携带的 iPodShuffle，并为不同年级的学生分别在网络上下载口语练习课程，一个学期更换一次。

孩子们的故事

说起和孩子们的故事，李立文、马时仪夫妇俩满怀欣慰，讲述这些故事的时候，他们脸上的微笑以及偶尔湿润的眼眶让人动容。他们的关爱项目现在已经资助了70多个孩子,其中最大的在上大学，最小的还在上 3 年级。

“有一个小孩现在是六年级，并没有因为环境不好而觉得自己不如别人，反而很有思想，讲话也很会照顾别人的感受，比如我们说视力的时候，他说‘我的视力很好，不用戴眼镜’，他看到我们也戴着眼镜,紧接着就说‘但是我并不是说你们戴眼镜有什么不好’。这就是顾及到了他人的感受。”

“还有个女孩子，现在正上初二。她六年级毕业之后进初中就变了，开始交男朋友，行为学坏了，功课跌下来，态度也非常不好。我们很认真地教育了这个女孩，如今她已经是 180 度转变，不仅成绩是班里前几名，什么班长啊，课代表啊，都是她。”

“有一个小男孩，我们见到他的时候，他就站我们旁边，十分钟一句话都没有说，眼泪一直往下掉。后来才知道，他父亲在外面打工、赌博，不寄钱回来，他就跟爷爷奶奶在一起。爷爷奶奶心情不好时就把他当成出气筒。我们就跟他说，没事，我们会爱你。现在小男孩见到我们很亲热，虽然还是不大讲话。我说你不跟我讲，那我给你一张纸你写给我吧，他就写他学习上有一点问题，于是我们就找他的班主任很快解决了这个问题。”

“糖果外交”建学校

夫妇俩为我们分享了“糖果外交”的故事。有一所乡村小学，震后没有重建，高年级孩子们都去中心小学念书了，可三年级以下不住校的小孩，没办法走那么远，于是，两个乡村老师，把自己的房子给小孩子当临时教室，一做就是 5 年。

李立文、马时仪夫妇到那个学校的时候，学校大概有 90 多个孩子，“地下室是他们的教室，马路是他们的游戏场。”那次马时仪的表姐也和他们在一起。一个小男孩，跑到马时仪的表姐面前，从口袋里掏出一颗糖，说：“你吃点糖吧！”马时仪表姐说：“谢谢，我不要。”小孩就说：“你牙齿咬不动吗，放在嘴里抿一抿就好了。”

小孩特别亲热，感动了马时仪的表姐，于是她收下了糖果。

马时仪接着说："后来我们了解了这个乡村小学的情况，于是推动了一下，他们那个县的教育局就答应出钱，他们出大头，我们出小头，合作建学校。学校去年已经建成投入使用。这个学校的开始就是一颗糖，这就是我们说的'糖果外交'。"

项目里走出的第一个大学生

小华（化名）是项目里第一个考上大学的孩子，这对于夫妇俩是莫大的安慰。

"小华3年前进来的时候正在念高中，大家认为她不是读大学的材料。但是她学习特别用功，我们就拼命鼓励她，跟她说不要紧，要是考不上咱们就复读。结果她一考就考上了二本大学。我们真的好高兴。"马时仪回忆说。

考上大学，不仅对小华意义重大，对项目里的其他孩子，也是一种鼓励，因为大家从她身上看到了希望。

"他们家其实是姐妹两个，她的妹妹现在也在我们项目里。她的妹妹差一点放弃念书，但是看到姐姐这样，开始努力，上期末还考了班级第7名。"李立文向笔者说道。

在C市上大学的小华也接受了笔者的采访。上大学对她来说是新生活、新挑战的开始，远离家乡和亲人，孤身一人来到遥远的北方，她最初很不适应："刚来的时候特别颓废，觉得自己不适应，甚至想过回去复读一年。我写邮件告诉李爷爷、马奶奶我的这个想法，他们立刻打电话给我。"

马时仪在电话中跟小华分享了自己初到美国语言不通的沮丧经历，小华也慢慢开始适应这里的学习生活，振作起来，她信心满满地告诉笔者："其实在这之前我一直都没想过会有这样的事，就觉得自己特别幸运。如果我可以，我会让自己变得更好。像李爷爷马奶奶一样，去关心更多的人。"

前不久，李立文、马时仪特地前往 C 市，给小华带去了温暖的

很多学生的家在地震后一直没有修复

冬衣，还有学习英语的相关资料。“他们还带我去图书馆，教我查资料，跟同学沟通。他们身上有一种精神，遇到问题一定要努力弄懂，我觉得自己在这方面还很欠缺。”

意识到这样的不足，小华还特意问马奶奶“什么是创新”，马时仪笑说：“孩子你慢慢来，不要以为大学就是求学的终止，其实只是一个开始，知识量变到一定程度自然就会产生创新的质变。”

小华的专业是和农业、粮食相关的，她也加入了学校的支农协会，她告诉笔者她想回馈自己的家乡：“我很多时候就想，马奶奶、李爷爷他们为什么要那样无私地奉献？等我自己有一天有能力的时候，我想成为他们这样的人。”

来中国传播“大众创新”

——专访2006年诺贝尔经济学奖得主、新华都商学院院长埃德蒙·费尔普斯

文 / 左娜

2014年9月30日，在人民大会堂举行的总理会见2014中国政府友谊奖获奖者活动中，埃德蒙·费尔普斯（Edmund Phelps）将自己的经济学著作《大繁荣》赠送给了李克强总理。他还风趣地补充说：“我还有一本英文版，是送给您太太的。”

就在几周前，李克强刚刚在2014年夏季达沃斯论坛上谈到，要借着改革创新的东风，在中华大地上掀起一个大众创业、草根创业的新浪潮。而费尔普斯的《大繁荣》正是讲述了大众参与的草根创新是如何创造就业、带来挑战、推动变革的，这与李克强总理倡导的理念不谋而合。

一开始，费尔普斯就抱着向中国传播“大众创新”的理想来到

新华都商学院，如今面对“友谊奖”的荣誉，将这本书中的信念交到中国领导人的手中无疑是最好的回馈。

正如他谈到获奖的喜悦时所说：“与其说是我获得‘友谊奖’，不如说这是中国政府对‘创新’这个理念的一种肯定和重视。”

从“文艺青年”到诺奖大师

1933 年盛夏，正值美国经济大萧条的严冬，费尔普斯诞生在伊利诺伊州一个平凡的家庭。学经济的父亲、学家政管理的母亲都在大萧条中失去了工作。从孩提时代开始，经济衰退、失业问题、凯恩斯主义，就是这个家庭茶余饭后的主要话题，也成了费尔普斯的启蒙教育。然而，从童年到少年，费尔普斯却成了一名“文艺青年”。他先是为音乐着迷：他最喜欢学校的音乐课；他在学校的乐队玩小号；他用广播收听纽约爱乐乐团的演奏；还常跑到卡耐基音乐厅看演出。

到了大学，费尔普斯又迷上了文学和哲学。“当时我们每天都读希腊史诗、戏剧，读乔叟、塞万提斯……然后我又对哲学产生了兴趣，柏拉图、休谟……几十年后，我依然能感觉到他们在我身上刻下的烙印。”

大二这年，费尔普斯的“文艺理想”进入瓶颈期。“我开始意识到，无论是在音乐还是写作上，我大概都达不到顶峰了。于是，我开始寻找突破。”在学经济出身的父亲的劝说下，他选修了一门经济学课程，从此投身经济学。

大概是长期文学艺术的熏陶让他看到了“人”的力量，在此后的研究中，这种哲思引导费尔普斯思考如何将“我们所了解的人”放回到经济模型中，并将微观经济学引入了凯恩斯创立的宏观经济学。他将这种观点应用于失业、经济增长、商业波动和他所说的“动态”等相关问题的研究。

从修正传统“费尔普斯曲线”到提出“经济增长黄金律”，曾经的“文艺青年”费尔普斯成为了“现代宏观经济学的缔造者”和“影响经济学进程最重要的人物”之一，也终于在2006年10月等到了那个他期待已久的、来自斯德哥尔摩的电话。

2006年10月9日，瑞典皇家科学院诺贝尔奖委员会宣布将2006年度诺贝尔经济学奖授予美国哥伦比亚大学经济学家埃德蒙·费尔普斯，以表彰他在加深人们对于通货膨胀和失业预期关系的理解方面所做的贡献。

后诺奖时代，福州再出发

2009年，顶着诺奖光环的费尔普斯又开始思考职业发展的下一步。天性爱挑战的他不甘原地踏步，琢磨着去开展一段新的“冒险”。

与此同时，在太平洋的另一端，福建企业家陈发树和他的新华都慈善基金会正着手投建一所商学院，聘请一位世界顶级的经济学家来“掌舵”，成了当务之急。

陈发树和他的团队翻遍了近年来的诺贝尔经济学奖得主名册，2006 年获奖者埃德蒙·费尔普斯被视作最佳目标人选。为了联系到费尔普斯，新华都高层几乎动用了所有渠道，先是借助微软以及其他社会关系向费尔普斯推荐，然后通过新华都慈善基金会与盖茨基金会的合作，最终联系到了他本人。

这份来自中国的邀请让一直等待新机遇的费尔普斯眼前一亮。像一名严谨的学者那样，费尔普斯条理清晰地列出了接受邀请的几

埃德蒙·费尔普斯近照 （Vivi 摄影）

点益处：

“第一，我之前一直待在经济学领域，尝试商学院教育是一个可行的职业发展方向。第二，我热爱冒险，希望体验新鲜事物。中国是个很有趣的国家。第三，我能够借此机会大力宣传创新的精神。这在美国的商学院还没有做过，在中国的商学院当然也史无前例。传统的商学院仅仅是培养技能，而对于未来商业活动中最需要的创新能力却少有关注。成熟的大型商学院，比如哥伦比亚大学商学院，很难在短时间内推进改革，而新华都商学院就是一张白纸，改革、创新相对容易，甚至在几个月内就能看到成效，因此我能更顺利地把创新的概念引进来。”

费尔普斯欣然接受了新华都的邀请。2010 年 1 月 12 日，由新华都慈善基金会捐资 5 亿元支持闽江学院组建的新华都商学院正式挂牌成立，这是迄今为止国内民企单笔最大的捐资办学项目。埃德蒙·费尔普斯受聘出任商学院院长，他也是首位出任中国商学院院长的诺贝尔经济学奖获得者。

福州，这个在中文中代表着“幸运”的城市，这个历史上曾是伟大航海家扬帆出海的地方即将成为这位七旬老人的人生新起点。

“草根创新才是繁荣之源”

“现在中国的年轻人都挤着想去做公务员，代表草根创新力量的私企难招到人才。如果人才都进到政府部门去了，创新的动力要从哪里来？”

对中国的创新潜力寄予厚望的费尔普斯时刻敏锐地观察着中国的创新环境，他善于发现问题，更善于通过问题来提醒人们关注正确的“创新观”。

“创新实际上是一个常被误用的名词。我定义的创新是大众参与的‘草根创新’。首先它得是国内‘土生土长’的，其次要能在经济层面上取得成功。没有市场意义的新产品只能算是发明，而不是创新。”

在著作《大繁荣》里，费尔普斯将商业领域全民参与的“自下而上”式草根创新视作国家繁荣之源。19世纪初期，商界不断涌现的“创新潮”带来了英美的“大繁荣”：生产力腾飞，工资大幅提高、市场就业岗位大量增加，工作满意度也普遍提升。

“创新，特别是本土创新，在改变人们工作环境的过程中也逐渐改变了整个国家。没有创新，工作就是每天循规蹈矩，做着同样的事情，日复一日，年复一年，一旦人们开始思考如何开发新产品，改进生产方式、销售方式，创新就如同催化剂般激发了人的智慧和热情，从而产生新的‘化学反应’。创新让工作场所从原来的‘流水线’变成充满挑战的‘实验室’，通过不断孕育新的可能来推进国家的‘大繁荣’。”

“我记得在最近看到的资料里，1858 年，林肯在竞选总统的一次演讲中讲到，在当时的美国，每个人对于新事物都有‘完美的狂热’。全民参与的氛围正是在全国范围推动创新的努力能否成功的关键。每个人都想着创新、每个行业都要创新、国家鼓励创新，繁荣自然水到渠成。”

在费尔普斯看来，林肯口中那个狂热的创新时代即将在中华大地再次上演。

那么，政府应该如何推动创新？费尔普斯给出了两个答案——政策和教育。

“我很高兴地观察到，去年 5 月世界经济论坛上，李克强总理提到要为创业公司提供更加便利的政策，此后的几周内，新兴创业公司如雨后春笋般涌现。很多中国创新公司都在等待时机，等政策有利就投入创业。可见政府可以从政策方面鼓励创新。”

创新环节中关键因素是人，而人的培养又在教育。费尔普斯说：“我的一个同事在研究中发现，大多成功的企业家都受过长时间的高等教育，受教育程度高的企业家成功的概率比受教育程度低的要大得多。所以政府应该继续在教育上下功夫，提高教育质量，普及高等教育，日后将会收获更好、更广泛的创新。”

一手带大“创新商学院”

2011 年 6 月 7 日，一个特殊的课堂上，不同肤色、不同国籍的学生们席地而坐，激烈地探讨问题，四周的墙壁和柱子上面写满了各个团队的方案设计和灵感，78 岁的费尔普斯在一旁饶有兴致地观察，不时加以指点。在“世界课堂”上，新华都的学生与来自美国南加州大学、北京大学、台湾大学的学生在一起通过文化碰撞、头脑风暴打开创新性思维。

“创新课堂”仅仅是费尔普斯的创新理念在新华都版图中的一个缩影。

如他来华前想象的那样，年轻的新华都为创新提供了肥沃的土壤。在这里，费尔普斯得以让创新的种子发芽；而新华都也在“首席创新官”费尔普斯的指导下以后起之秀的姿态成为国内商学院中“创新创业”领域的领头羊。

费尔普斯知道，创新是个世界性课题，闭门造车是行不通的。虽然学院创立伊始就有不少国内名校教授坐镇，但要沟通国际创新研究舞台，请到更多的国际专家学者仍旧难度不小。

于是，费尔普斯决定先把桥梁建起来，搭建国际专家学者与新华都的沟通平台。从 2012 年起，菲尔普斯成功邀请国内外著名经济学家举办了三届诺贝尔奖经济学家中国峰会：2012 年和 2006 年两届诺奖得主埃尔文·罗斯、2013 年诺奖大师罗伯特·希勒等中外著名经济学家先后来华，共商未来经济创新与变革议题。

“目前，诺贝尔经济学奖得主中国峰会已成功举办三届，并稳定为每年举办。”谈到诺奖峰会，费尔普斯不无自豪：“每次我们会邀请两三个研究创新领域的专家，他们为会议准备的学术报告都是我觉得很有趣的，对新华都的教师们也很有帮助。”

作为一名学者，费尔普斯明白，新华都在创新理论研究上也不能落下。

2011 年 4 月，费尔普斯以院长的身份加入新建立的新华都经济与管理研究院，并主导了其中的两个研究课题——“全球创新力指数研究”和“中美德三国市场经济对比研究”。同年 5 月，新华都创业与创新管理案例研究中心成立。

高端国际合作对话平台和踏实的理论研究让新华都在创新创业的办学机制建设上走得更加稳健：创业 MBA 学位点、2000 万元创业基金、“创业孵化中心”、“中国青年创业领袖”项目等一系列机制全面助力学员们的创业实践。

不买房，只为“在路上”

费尔普斯几十年的人生轨迹总是“在路上”。很难想象，这位德高望重的诺奖得主仍是一名“租房客”。“我和家人一直在纽约租住一套公寓套间，也从未考虑过购置房产。有了房子之后，你就不能随时想走就走了。你就会被固定在一个地方无法动弹。这不利于创新。”

几十年来，他辗转于世界各国，法国、意大利、荷兰都留下了他的足迹。如今，已入耄耋之年的他又来到遥远的东方。而无论他走到哪里，同样热爱“冒险”的妻子薇薇安总是相伴左右。这位声音温柔、举止优雅的女士总是小鸟依人地陪在高大的费尔普斯身边：

埃德蒙·费尔普斯（右二）在创业 MBA 预录取通知书颁发仪式上

她是他讲座的忠实听众，是他拍摄宣传照时的形象指导，更是在他接受采访时细心从一旁递上水的亲人。这几年，两人携手走过了大半个中国：福州、广州、厦门、西安、上海、北京、昆明、成都……“对我和薇薇安来说，福州就像家一样，而北京、上海这样的大城市我们也很喜欢。比如北京，这里很大，有很多艺术、音乐等着我们去发现，但我每次来都太忙，真希望有时间能好好逛逛北京。”

在路上遇见中国，又为中国而停留，陪伴费尔普斯的不仅是妻子的柔情，还有来自中国的温暖。“来到中国，来到新华都，让我多了两个亲近的朋友——董事长陈发树、理事长何毅仁。另外，其他的同事也都非常好，我很高兴与他们共事。在中国工作，我感到很轻松，很容易就能融入这里的环境。中国在签证、法律等等方面为我们提供了最大的便利，一切都让我觉得舒适。”

勤学好问的中国学生们也抓住了这位把“创新”挂在嘴边的大师的心。“来听讲座的学生都很认真、有趣。很多人都说中国学生不爱问问题，但我觉得事实恰恰相反。实际上，那些顶尖的学生提的问题都太犀利了！据我观察，中国学生某种程度上对知识更有热情，他们对学问的钻研劲儿胜过很多美国学生。而很多美国学生则只想着拿学分、毕业，然后赶快工作。”此外，费尔普斯和薇薇安都对去年的教师节念念不忘，当中国学生们热情地围着他表达敬意时，中国文化“尊师重道”的传统让他感动不已。

后诺奖时代，费尔普斯在追寻创新的路上遇见了中国。对费尔普斯来说，这里既充满“在路上”的创新激情，又给他家一样的温暖舒适。而对同样怀揣着创新梦、求贤若渴的中国和新华都商学院来说，他是旅人，更是归客。

马利克：正确管理

文 / 吴星铎

马利克近照，张新伟（vivi）摄影

管理学创始人彼得·德鲁克对他的评价是“管理学中最权威的人士”，美国《商业周刊》称他为“欧洲最有影响的商业思想家之一”，他是弗雷德蒙德·马利克（Fredmund Malik）。

出生于奥地利的马利克目前是瑞士圣加仑马利克管理中心董事会主席，欧洲管理重镇圣加仑大学的教授，维也纳经济大学的客座教授。同时还是多家大公司董事会、监事会成员，是许多知名公司的战略和管理顾问。马利克以系统论、仿生学、控制论为重要基础，把管理实践经验与科学、历史、哲学、心理学、艺术等多种学科结合在一起，创造了独特而系统的管理思想和方法，并因此形成了“马利克管理系统”。如今，马利克管理思想和方法被奔驰、宝马、索尼、西门子、德意志银行、贝塔斯曼等众多企业或组织采用，并在整个商业世界赢得了尊重。

马利克认为，值得学习的管理能力只有一种：良好和正确的管理。他是最早开始反思美国管理模式的欧洲管理大师，他说：“真正重要的价值只有一种——不是股东价值，不是利益相关者价值，也不是其他任何内部价值，而是顾客价值。”

近日，马利克接受了专访，以下为专访内容。

“美式管理是错误的”

记者：您的观点认为，美式的管理机制过于看重效益，而欧洲企业更看重质量，但现在的问题是，欧洲经济不太景气，美国经济则有复苏的迹象，那么将来的管理理念会向哪个方向发展？

马利克：我认为只在乎股东利益的美式管理是错误的，这是一种短视的管理方法。我们要用长远的眼光看问题。利益很重要，但关键问题是我们要怎样盈利？如果只看利润，那么人们会说，我们不再投资了，那太费钱；不再创新了，那太费钱；不再以顾客利益为重了，那太费钱，总之要利润最大化。

欧洲有自己的问题，比如欧元的问题，欧元区有许多语言，没有统一的政府，28 个政府各行其是，欧元作为一种货币并不是很坚挺。欧元区需要更多的联结和更多合作。我很乐观，我认为这些问题会被解决。

“值得学习的管理能力只有一种：良好和正确的管理。管理原理具有普适性，不管哪个行业，或者哪个企业，基本的原理大致上是相通的。”

在德语国家里，98% 的公司是中小型公司，家族企业很多。他们认为顾客是最重要的，愿意为顾客做任何事情，保证产品质量。因为顾客是付账单的人，而不是股东，在经济社会中唯一能为他们买单的就是他们的客户。这是一个古老的管理智慧。

几年前，我曾问中国的年轻人："公司的目标是什么？"他们说："赚钱！"然后我说："哦，这对我来说太陌生了，这么久我从未听说哪个公司是'生产钱'，我听说过生产衣服的、生产食物的，但就是没听过'生产钱'的。"当你能换个思路想，你或许能创造更多资产。资产不是来自银行，是来自对他们的服务感到满意、愿意为他们支付的客户。

我个人研究认为，美式的管理都是错误的，而欧式或德式管理现在看来有很大的优势。管理原理具有普适性，不管哪个行业，或者哪个企业，基本的原理大致上是相通的。

中间层是不是一群烤熟的鹅？

记者：海尔集团有一个很大的动作引发人们的热议。据悉，过去 10 年，海尔砍掉了 2 万名中间管理层。张瑞敏说，现在海尔只有三种人：平台主、"小微"主和创客。庞大的企业中间层没有了，集团与"小微"不再是领导和被领导的关系，原来集团的部门"领导"都变成平台主，为"小微"提供创业服务。张瑞敏认为，中间管理层的传导机制太慢，要实现垂直管理模式，这种模式在中国和国外都受到了很大冲击，他与中国传统的管理机制有很大区别，不知您有何看法？

马利克：我不太想对张瑞敏先生的管理政策和组织策略妄加评判。我们在几年前见过几次面，对他现行的策略不太熟知。但舍弃中间管理层，这确实是个有风险的举措。我怀疑是否可以运行良好，我们需要中间管理层，当然他们需要在工作上、工作手段、管理知识上不断提升自己。

我想把这个有趣的问题解读为“组织内部的重要转变”的问题，我们正经历一场有基础性的、意义深远的改革，这种改革辐射了公司的所有管理层。自然而然地，新课题被提出，他们需要对应的新思路和新举措，包括在中间管理层方面的动作。

记者：在互联网时代，交流需要快速反应，张瑞敏认为，企业里面的中间层是一群“烤熟的鹅，他们没有什么神经，也不会把市

马利克在攀岩

场的情况反映进来”。所以采取了这样的举措。

马利克：随着互联网的发展，很多事情都在变化，但这并不意味着多个管理层需要被摒弃。中间管理层要有更多工作空间。管理4个人是很容易的，如果对于一个专业又高效的管理人员来说，若他可以应用新的管理方法，那么管理10到12个甚至更多的人也是很容易的。所以，这些都是重大的改变，不仅对于公司雇员，对管理者而言也是如此。也许这是他们第一次开始热衷于探讨这些问题：什么是正确的管理方式？什么是好的管理方式？我的工作又到底是什么？

现在的中间管理层有很多会议，这太占用时间了，几乎没有开展的必要。这可能也是张瑞敏先生的考虑。随着科技的发展，管理人员需要越来越专业化，这就是变革的一部分，为了应对它，人们需要学习学习再学习，这就给中间管理层的工作带来了许多乐趣，会议越来越少，科技越来越发达，即时通讯越来越发达，即时反馈也越来越多。每个人都有大的工作量，他们会奉献得更多，承担起更大的责任。

“传统商学院会消失”

记者：很多公司的高级管理者都是从哈佛商学院毕业的，您有一个观点是商学院今后可能会消失。那么您认为管理人才应当通过什么样的渠道来培养？

马利克：我认为这些MBA项目运行了很久，比较老了，从上世纪六七十年代起，这些项目像雨后春笋般崛起，因为那是管理第一次被重视。但是，这些项目是围绕着“管理”一词展开，项目内容大都是商业管理方面的。他们主要研究商业管理的架构，这不是现代世界所需要的。就像看病一样，医生会把理论和实践结合起来运用到患者身上。在管理学方面，我们现在有很多管理学大师，实际上脱离实践，有很多东西是他们通过研究证实出来的，可是在实践中行不通。

鉴于这个原因，一些人已经开始了反思，MBA项目的教育方式到底是否可行。我预测，这样的商学院，存在时间不会太长。我个人认为，这些项目的理念方面可能出了一些差池，需要很大的改变，需要设计一些全新的项目。

人的管理，应用范围有五个地方

记者：我们很感兴趣您对“人的管理”提出的相关理论，请您为中国青年提一些建议，如何管理好自己的上级？

马利克：好吧，但我没管理过太多中国的上级（笑）。回到这个问题上，简单概括一下我对于“人的管理”的相关理念。首先是自我管理，如果一个人不能管理好自己，他就不会是一个令人尊敬和信任的人，因此我会要求自己先做好自我管理。上级对我的生活有很大的影响，比如我的奖金、升职等等，所以一个人应学会思考上级的特质，目标是让自己的上级获得更多的成功，这样自己才会受益。基于此，我会先问“我的上级是个怎样的人”，所以要想成功管理自己的老板要先判断他是怎样的人，不能让一个善于倾听的人去读文字，如果他是倾听者，我不会递交他一份文稿，如果他是阅读者，我不会对他演讲汇报。虽然判断一个人的强项是什么需要时间，但我愿意不断去尝试和探索，比如通过他们开会的时间和方式来观察他们。因此不要一开始就讨厌你的老板，要去发现他的特质，据此提供不同方案。如果年轻人学到这点，他们就比较容易和自己的上级建立良好的关系，彼此信任和依赖。

正在做管理学培训的马利克

记者：由此看来，不只对待上级，对待其他人也可以。

马利克：是的，在我看来，管理的应用范围有五个地方，管理自我、老板、同级别同事、下属员工和外部环境，比如客户、机构等。整个管理网络中，相比对下属员工的管理，其他几个方面更加难以管理。

记者：中国经济现在面临很多挑战，您曾提议中国应改革年轻干部选拔方式，您能具体解释一下吗？

马利克：首先我想谈一下，一个人的价值观非常重要，人们信任、尊重他吗？他可能通过学习成为领导者吗？我认为首先应通过教育塑造出这个人的核心价值观和素养。第二点是除了这个人应具备基本的经济、政治、社会常识和知识，他的思维是否是开放、敏捷、具有创新性的，在面对不同情况时是否能快速调整积极应对，并且有很高的行动力，我认为这对于任何一个组织来说都非常重要。第三是有效的领导力，不能只有远大计划却不能组织人落实。第四是学习能力和不断更新自己的知识，能够从不同的资源中获取最新的知识、技术来切实地解决问题。（实习生闫彩萍参与采访，录音整理闫彩萍、张涵锦）